徳 間 文 庫

観相同心早瀬菊之丞

毒 の 契 り

早見 俊

徳 間 書 店

目次

第一話　ひょっとこ殺し

一

天保四年（一八三三）の正月十五日、初春の柔らかな日差しが降り注いでいる。

江戸の往来は削掛（けずりかけ）売りの姿が目立つ。削掛とは柳の枝の茎をちりちりの房のように削った縁起物で、小正月になると母屋（おもや）の軒先に吊るす習慣があった。

昨日までは羽子板の羽根売りや凧（たこ）売りが江戸市中を賑（にぎ）わせていた。

「月日が経つのは早いな。新年を迎えたと思ったら、もう半月過ぎたぞ」

早瀬菊之丞（はやせきくのじょう）は達観めいた物言いをした。

菊之丞は南町奉行所の定町（じょうまち）廻り同心、手札を与えている岡っ引、薬研（やげん）の寅蔵（とらぞう）と町廻りの途次、芝三島町の茶店でくつろいでいる。

「ほんと、年々、早くなりますよ。菊之丞の旦那にお仕えして、はや一年と……」

寅蔵は指を折って数え、一年と五カ月余りですねと言った。

「何がお仕えして、だ。内心じゃ、兄貴の義理で仕方なく働いてやっているって思っているんだろ」

菊之丞が意地悪く返すと、

「滅相もござんせんや」

寅蔵は右手を左右に振り、縁台から腰を上げると運ばれて来た草団子が乗った皿を受け取った。

菊之丞は一昨年の水無月、兄宗太郎が三十歳の若さで病没をしたのを機に早瀬家を継ぎ、八丁堀同心になった。その際、宗太郎が手札を与えていた寅蔵を引き続き岡っ引としたのである。

八丁堀同心になるまで、菊之丞は上方で観相学の達人、水野南北に弟子入りし、修業に励んでいた。修業の甲斐あって師南北も一目置く観相見となり、江戸に戻って来た。

六尺に近い長身、広い肩幅、腹は引き締まったそっぷ型の相撲取りのような体格だ。体格にふさわしい岩のような巨顔、眉は太くてぎょろ目、大きな鷲鼻（わしばな）に分厚い唇、見る者を威圧する面相である。歌舞伎の悪役のようで、悪戯（いたずら）小僧が大人をやりこめた際の得意そうな面構（つらがま）えにも見えた。

一方の寅蔵は、歳は四十二、両国の大川に沿って広がる薬研堀に住んでいることから、「薬研堀の親分」とか、「やげ寅」などと呼ばれていた。背は高くはないが、がっしりとした身体、浅黒く日に焼けた顔は鼻筋が通り、いわゆる、「苦み走った」好（い）い男である。

「また、ひょっとこ野郎ですよ」

寅蔵が言った。

「ひょっとこ野郎……」

関心がないのか、菊之丞はあくび混じりに返した。

「ひょっとこ野郎が殺しをやったんですよ。殺されたのはこの近くに店を構える両替商ですぜ」

菊之丞に興味を持たせようと、寅蔵は興奮した様子で読売を見せた。菊之丞は受け取り、縁台に置いた。

読売には顔にひょっとこの面を乗せられた死者が見つかった、とある。これで三件目とも記してあった。

被害者は芝三島町の両替商、山吹屋茂平であった。亡骸は愛宕権現近くの西久保車坂町の稲荷で見つかった。

左の肩から鳩尾にかけて一刀の下に斬殺されていた。

「ひょっとこ野郎、図に乗っていますぜ。世間受けを狙っているんでしょうがね……こういう奴程、お縄にされる時はじたばたするもんですよ」

顔を歪ませ、寅蔵は悪態を吐いた。

ひょっとこ野郎は読売屋が名付けた殺人鬼の二つ名である。殺しの現場にひょっとこの面を残していくことから名付けられた。

「菊之丞の旦那、ひょっとこ野郎、御奉行所じゃどうなっているんですか」

ひょっとこ野郎の捕縛に奉行所が動いていないのが、寅蔵は不満そうだ。

ひょっとこ野郎が最初に現れたのは十日前の正月五日であった。

相州浪人の藤木新五郎が愛宕権現の石段から転げ落ちて死んだのだ。石段には大勢の参詣客が行き交っていた。群衆の中にあって誰からともなく藤木は押されて足を滑らせたのだろうと見なされた。

藤木は愛宕権現の露店で買い求めたひょっとこの面を被っていた。

事件性はなく、事故死と判断された。

二人目は夜鷹である。

お久という名で、茂平と同じ西久保車坂町の稲荷で絞殺されていた。その亡骸にはひょっとこの面が乗せてあった。

藤木との違いは、藤木がひょっとこの面を被っていたのに対し、お久は死顔に乗せられていた。つまり、ひょっとこの面はお久の意志ではなく、下手人が乗せたと思われた。

殺しであるのは明らかであったにもかかわらず、担当した南町奉行所の探索はおざなりだった。下手人はお久と揉めた男の仕業であろうと見当をつけたものの、男を探すのには不熱心だった。

憐れにも、身寄り頼りのない夜鷹殺しに熱意を抱く同心はいなかったのだ。

お久殺しのいい加減な探索ぶりに不満と不快感を抱いていた寅蔵は、

「今回殺された山吹屋茂平は公儀公認の両替商ですよ。御奉行所も本腰でひょっとこ野郎をお縄にしないといけなくなったんじゃないですかね」

と、期待を込めた目を菊之丞に向けた。

「そうだな……ま、おれが探索するかどうかはわからんがな」

菊之丞は顎(あご)を掻(か)いた。

「でも、こういう事件こそが旦那好みじゃないんですか」

寅蔵は菊之丞の興味をかき立てるように言い添えた。

「好みで探索はやれんからな」

素(そ)っ気(け)なく菊之丞は返した。

「そりゃそうですがね」

異論は唱えられず、寅蔵は不満そうに受け入れた。

「なんだ寅、ひょっとこ野郎にこだわるじゃないか」

菊之丞はおやっとなった。

「柄にもないんですがね」

寅蔵はわざわざ前置きをしてから、

「お久が夜鷹ってだけで、いい加減な探索で済ませるっていうのは、どうにも納得できませんや。夜鷹だって人じゃござんせんか」

憤慨して捲し立てた。

「そりゃそうだ」

菊之丞も同意した。

「もう一度いいますよ、今回はまともな商人殺しですからね、御奉行所だって体面にかけて下手人を挙げにかかりますよ」

熱を込め、寅蔵は繰り返した。

「言っただろう。おれが探索するかどうかはわからん」

「引き受けてくださいよ」

寅蔵が頼むと、

「めんどくさい」

いかにも乗り気ではないように菊之丞はあくびをした。

「まったく……」

寅蔵は不満そうに舌打ちをした。

「おれはな、自慢じゃないが奉行所では外れ者で通っているんだ」

菊之丞は胸を張った。

「そんなこと、自慢しないでくださいよ」

眉根を寄せ、寅蔵は苦笑した。

兄宗太郎は誠実で人当たりが良く、誰からも好かれていたが、菊之丞は巨顔、巨体、それに適ったふてぶてしい態度、更には観相という異能が敬遠されて奉行所では浮いている。

ところが、菊之丞は気にも留めていないのだ。

「ひょっとこ野郎、人殺しを面白がっているんですよ。そんな野郎をのさばらせておいていいわけありませんや」

「殺された三人に繫がりはなさそうだな」

冷静に菊之丞は言った。

「恨みじゃないってことでしょう。ひょっとこ野郎は殺しを楽しんでいるんですよ。殺しやすい者を選んでいるんです。まったく、とんでもない野郎だ」

微塵の疑いもなく寅蔵は断じた。

早々に決めつけるのは寅蔵の常である。

「楽しみで人を殺すのか。おかしな野郎だな。まったく」

「ですから、頭のおかしな野郎ってわけですよ」

「ふ～ん……」

菊之丞は浮かない顔だ。

「どうしましたか。何か、引っかかることがありますか」

「楽しみで人を殺すだろうかな」

菊之丞は疑問を呈した。

「そりゃ、普通の者は殺しを楽しむなんてことはありませんよ。ですがね、世の中には変わった野郎がいるんですよ。泰平の世の中が続いて、退屈だから人殺しでもしてみるか、ついちゃ、ただ殺すんじゃ面白くないってんで、世の注目を集めるような趣向をしてやろうと、ひょっとこの面を使ったんですよ。ほんと、妙ちきりんな奴が現れたもんです」

もっともらしい顔で寅蔵は持論を捲し立てた。

納得できず菊之丞の顔は曇ったままだ。

菊之丞の反応が期待したものではない為に、

「きっと、そうですって。ですんでね、あっしゃ、楽しみで人殺しを繰り返すって料簡がどうにも許せないんです」

寅蔵は語気を強めた。

「楽しみで人を殺す輩（やから）がいないとは言わんが、今回の三件についてはそうは思わんな」

ここに至って明確な口調で菊之丞は寅蔵の考えを否定した。面と向かって異論を唱えられたのが意外なようで、

「そのお考え、何か拠（よ）り所（どころ）があるんですか……あ、そうか。観相で見立てたんですね」

戸惑いながら寅蔵は言った。

「観相じゃないさ。三件の現場を見ていないからな。観相のしようがない」

あっさりと菊之丞は否定した。

「じゃあ、どうして楽しみじゃないってお考えなんですか」

寅蔵は問を重ねる。

「勘だ」

　短く菊之丞は答えた。

「勘……勘って言いますと勘ですか」

「ああ、勘に決まっているだろう」

　ぶっきら棒に菊之丞は返した。

「じゃあ、観相と変わらないじゃないですか」

　言ってから寅蔵はしまった、とばかりに口を両手で覆った。

「観相はな、勘働きとは大違いだ。容貌、骨格を見定めて人柄、人の定めなんかを……」

　ここまで菊之丞が語ったところで、

「わかりました。申し訳ございません。あっしが悪うございました。この通り、ご勘弁ください」

　と、寅蔵は平謝りに謝り、自分の草団子もどうぞ、と差し出した。わかればいい、と菊之丞は機嫌を直して草団子をぱくついた。

　口をもごもごとさせながら、

「探索をしてみないとはっきりとはしないが、ひょっとこの面がどうも引っかかる……」

と、根拠の説明らしき考えを菊之丞は言った。口の中は団子で一杯の為、よく聞き取れないが文句を言わず、寅蔵は菊之丞が話を再開するのを待った。

菊之丞は団子を飲み込むと話し始めた。

「三件の現場にひょっとこの面が置かれていたという点からして、同じ下手人の仕業だと見なしていいだろう。下手人は藤木がひょっとこの面を被っているのを見て、他の二件の殺しにも利用したに違いない。ということは、ひょっとこの面を持ち歩いているのか……」

菊之丞に問われ、

「ひょっとこの面を被って殺せそうな男女を探し歩いているんじゃないですかね」

寅蔵は考えを返した。

「ひょっとこの面を被って江戸市中を徘徊か。なるほど、ひょっとこ野郎だな。しかしな、殺しの手口はばらばらだ。殺しだとしたら、藤木は愛宕権現の石段から突き落とした、夜鷹は首を絞めた、両替商山吹屋茂平は斬り殺した……殺しの手口も楽しんでいるのか。それは解せんな。茂平を斬殺したということは、ひょっとこ野郎は侍だろう。大小を差しているんだ。それなら、どうして夜鷹も斬らなかったんだ。侍にとって首を絞めるより刀を使った方が楽なはずだ。藤木にしてもそうだ」

菊之丞の推量にうなずきながらも寅蔵は異を唱えた。

「藤木は浪人ですからね、斬り合うよりは突き落とす方が手っ取り早かったんじゃないですか」

「そうも考えられるが、少なくとも楽しみの為に殺しを重ねているようには思えんな。何か狙いがあるんだ。三人を殺さなきゃならなかった狙いというか訳がな」

菊之丞は淡々と語り終えた。

「そうですよ、きっとそうですよ。ひょっとこ野郎は綿密な企てで殺しを重ねているんです」

一転して寅蔵は自説を捨て、菊之丞の考えに同調した。

寅蔵という男、よく言えば臨機応変、はっきり言えば他人の考えに影響を受けやすいのであった。

二

三日前、正月十二日のことだった。

相州浪人大宮伝四郎は愛宕権現近く、西久保車坂町にある読売屋極楽屋を覗いた。月代は伸びているが髭は剃っており、小袖と袴も洗濯と糊付けがなされ、浪人特有の薄汚れた風貌ではない。痩身で頬がこけた面相ときびきびとした所作は武士らしい品格を感じさせてもいた。

すぐに主人の吉兵衛が帳場から出て来た。

吉兵衛は細面の優男だ。手拭を小粋に吉原被りにし、縞柄の小袖の裾をはしょり、紅色の股引を穿いている。

「大宮先生、ちょいと甘い物でも」

にこやかに吉兵衛は誘ってから、

「先生にはこっちの方がいいですかね」

と、猪口を傾ける格好をした。

「まだ日が高いぞ」

大宮は苦笑する。

「そうですな、ではやはり甘い物を」

と、近頃評判の甘味処がある、と吉兵衛は案内に立った。


大宮と吉兵衛は近所の甘味処に入った。

「お汁粉、二つね」

普段から通っているのか、吉兵衛は気さくに声をかけ奥の小座敷に入った。お汁粉が来るまで雑談を交わし、運ばれたお汁粉も黙々と食べた。この店のお汁粉は茹でた餅ではなく焼き餅が入れてあり、それが吉兵衛にはうれしい。

落ち着いたところで、

「さて、企てですがね、うまくいってますよ」

しめしめ、と吉兵衛は微笑んだ。

大宮は黙っている。

「御奉行所は夜鷹殺しなんて探索しませんからね」

吉兵衛は言い添えた。

「ひょっとこの面は余計だったんじゃないのか。あの面の意味がわからん」

不満そうに大宮が疑問を呈した。

「わからないからいいんですよ。世の中の耳目を引く。物見高い江戸っ子はひょっとこ面を話題にし、手前の読売も売れます」

吉兵衛はにんまりとした。

「読売の商いにはよかろうが、足が付くではないか」

大宮は疑念を深めた。

「いや、却って混乱しますよ。たとえ、探索に本腰を入れたとしても、町奉行所はひょっとこ面に気を取られ、下手人がひょっとこ面を残す理由を探りにかかるでしょう。つまり、ひょっとこ面に振り回されるんですよ」

吉兵衛は笑みを深めた。

大宮は、「なるほどな」と納得したように呟いた。

続いて、二人は正月五日に行った相州浪人藤木新五郎殺しについて語り合った。吉兵衛の企てに落ち度がなかったかを確かめる為だ。

ひょっとこ野郎の最初に犠牲者となった相州浪人藤木新五郎は大宮にとって恨み骨髄の相手であった。

共に相模(さがみ)国平塚(ひらつか)藩五万石大沼讃岐守(おおぬまさぬきのかみ)の家臣で、勘定方を務めていた。ある日、勘定が合わないことが発覚した。大宮は入念に帳簿を当たり、藤木の不正を見つけた。公金五十両余りを出入りの酒問屋から納入金額の上前を撥(は)ねて懐に入れていたのだ。

藤木は黙っていてくれれば十両やると口止めをしてきた。

大宮は拒絶した。

公金横領の罪で藤木を弾劾する、と言った。すると、藤木は逐電(ちくてん)してしまった。ところが、藩邸の公金から更に百両が盗み取られていた。

それだけではない。

酒問屋の上前を撥(は)ねた金の一部を大宮伝四郎にも渡した、と記した書付を残したのだ。身に覚えのない横領罪をでっち上げられ、大宮は困惑した。

藩の勘定方は念の為だと、藩邸内に設けられた武家長屋の大宮宅を調べた。すると、柳行李(やなぎごうり)に仕舞ってあった下帯に包まった十両が発見された。

もちろん、大宮は申し開きをした。

弾劾しようとした腹いせに藤木が仕組んだのだ、と主張したが認められなかった。

その時の無念が思い出されたのか、

「わしは藤木に嵌められた。憎んでも余りある奴だった」

大宮は毒づいた。

「お気持ちはわかり過ぎるくらいにわかりましたよ。藤木ってお方はお侍どころか、人として卑怯極まりますな。大宮さまは正しいことをなさって理不尽な目に遭わされたんです。世の無常を感じたものです」

吉兵衛は深く同情した。

「家内と子らを実家に帰し、市井に暮らした。すると、因果なものだ」

大宮は苦笑したが、

「神仏の御加護ですよ」

吉兵衛は大宮を称えた。

「わしに神仏の御加護があるとは思えぬが、悪運があったのかもしれんな」

大宮は芝三島町の裏長屋に住んでいた。近所の縄暖簾で藤木新五郎が飲んでいるのに遭遇したのだ。藤木は月代と無精髭は伸び放題、薄汚れた小袖に襞がなくなったよれよれの袴を身に着け、すっかりうらぶれた浪人となっていた。

悪銭身に付かず、横領した金を藤木は使い果たしたのだろう。見境なく酒や女、博打にうつつを抜かしたのではないか。

「堂々と果し合いを挑もうかと思った……」

大宮は言った。

「そりゃ、良い考えじゃありませんでしたね。仇討ちじゃないんですから。単なる遺恨による、争いと見なされたでしょう。そうなったら、お縄になってしまう。お縄になったら打ち首間違いなかったですよ」

浪人は武士とはみなされず、いかなる事情があろうと人を殺せば、切腹ではなく打ち首となる。

「そうなったら、お汁粉も食べられません」

軽口を叩き、吉兵衛はお汁粉を追加注文した。大宮も勧められたが断った。一杯で十分だ。それでも、胸焼けがする。

「まさしく、そなたの申す通りであった」

今になってみれば大宮も同感だ。

そもそも、卑怯極まりない藤木が正々堂々とした果し合いに応じたとは思えない。応じたとしても偽りで、きっと逃亡しただろう。

「大宮さまと手前は、恩は忘れない者同士です。持ちつ持たれつ、ですよ」

抜け抜けと吉兵衛は言った。

大宮と吉兵衛が知り合ったのは半年前だった。食うや食わずの日々を送っていた大宮は行き倒れになりそうだった。

それを吉兵衛が銭を恵んで助けてくれた。すると、今度は吉兵衛が助けられた。やくざ者数人が店に乗り込んで来て読売の記事に言いがかりをつけたばかりか、店を壊されそうになった。

そこへ大宮が銭を恵んでくれた礼にやって来た。吉兵衛の災難を見過ごしにはできず、大宮はやくざたちを追い払ったのだった。

以来、吉兵衛と大宮は懇意になった。

吉兵衛は醜聞めいた話を扱うことが多い。やくざ者をはじめ、店に押しかけてくる者、あるいは強請(ゆす)ってくる者がおり、大宮は用心棒まがいの役割を引き受けるようになった。

もっとも、吉兵衛は大宮の存在を表沙汰にはしていない。極楽屋の奉公人でも大宮を知る者はいなかった。

吉兵衛は大宮から平塚藩大沼家を追われた事情を聞き、深く同情した。

そこで、

「手前が藤木を殺しますよ」

吉兵衛は申し出た。

「な、何を申す……」

呆気にとられた大宮に向かって、

「いいですか、手前が藤木さまを殺す時、大宮さまは殺しの現場から離れた所で目立つ振る舞いをしてください」

吉兵衛は言った。

「うむ……だが、そなた、藤木を殺せるのか」

半信半疑で大宮は確かめた。

藤木は武芸に秀でてはいないが、一応の剣術は学んでいる。

「何も手前も剣で藤木さまに挑もうなんて大それたことは考えていませんよ。そっと、背後からね、襲ってやろうって思っているんですよ」

吉兵衛は藤木の暮らしぶりを調べていた。

藤木は愛宕権現の境内で大道芸をやっている。居合の真似事をして投げ銭を貰うのだが、要するに体のいい物乞いであった。

その日の投げ銭具合によって、帰宅する前に一杯飲む。吉兵衛はその帰途を狙ってこっそりと近づき、殺すのだそうだ。愛宕権現には有名な石段がある。急角度で延びる八十六段の石段だ。

正月とあって大勢の男女が行き交う。その男女に混じって藤木を突き落とすつもりだと吉兵衛は語った。

「任せてくださいよ」

自信たっぷりに吉兵衛は引き受けた。

正月五日の朝、大宮は吉兵衛から藤木を愛宕権現の石段で殺すと告げられた為、品川まで足を延ばして飲食をした。縄暖簾三軒をはしごして、各店で客や店の者といさかいを起こした。

吉兵衛は愛宕権現の境内で大道芸を終えた藤木を付け狙った。正月の祝儀もあって、藤木は投げ銭を稼いでいた。それゆえ、大道芸の合間に酒を飲み、帰る頃には千鳥足になっていた。

おまけに露店で売っていたひょっとこの面を被った。ふらふらと石段に差し掛かったところで吉兵衛は、「藤木さま」と声をかけた。思わず、藤木は振り返った。吉兵衛は押された振りをして藤木に体当たりをした。藤木は身体の均衡を崩し、背中から石段を落下した。石段には大勢の男女が行き交っていたが、転落してくる藤木の巻き添えを食っては叶わない、と大急ぎで避けた。

藤木は石段を転がり落ち、中程で止まったが、首の骨を折り、息絶えた。まんまと企てを成功させ、吉兵衛は群衆に紛れた。

殺しと疑う者はいなかった。

現場に駆けつけた南町奉行所の同心は、藤木の亡骸が酒臭かったこともあり、誤って足を踏み外したと判断した。

「やはり、あのひょっとこの面は余計だったのではないか」

大宮は苦笑した。

「いや、結果として幸いしましたよ」

悪びれずに吉兵衛は返した。

藤木はひょっとこの面を被ったまま石段を転がったが外れも壊れもしなかった。吉兵衛にはひょっとこの面が強く印象付けられた。

読売屋の勘として、読売の売りネタになると思ったのだ。

「ひょっとこの面に目を付けたとは、さすがは読売屋だな」

感心とも呆れともつかない様子で大宮は言った。

「ま、それは読売屋の功というものですよ。ですがね、手前も予想外だったのは夜鷹ですよ」

吉兵衛は夜鷹の死に偶々遭遇したのだった。

愛宕権現近くの小さな稲荷で夜鷹は首を括っていた。

遺骸が発見される前に吉兵衛は極楽屋に戻ってひょっとこの面を持って来ると夜鷹を地べたに横たえ、顔に乗せたのだった。被らせようとしたが、人が近づいて来たのでやむを得ず乗せるに留めたのである。

「これが、評判を呼びましたよ。ひょっとこの面を被った死者が続きましたからね。

正しくは被った死者と顔に乗せた死者ですがね。そんなことはともかく、当然、同じ下手人の仕業だと誰もが考えます。読売の格好のネタになりました。大宮さまと知り合って運が向いてきましたよ」

嬉々として吉兵衛は言った。

「商いが上手いな。それにしても、あらかじめ、店にひょっとこの面を置いていたとは用意周到だな」

大宮は感心した。

「藤木を殺した時に思ったんですよ。ひょっとこの面を被ったまま死んだ浪人、こりゃ面白いってね。読売に使えるぞって考えてひょっとこの面を沢山仕入れておいたんです」

吉兵衛は藤木の死を大々的に読売に仕立てた。死を謎めいたように記し、ひょっとこの面を被った亡骸を絵に描いた。読売ばかりか、錦絵にも仕立て店で販売したのだ。その際、ひょっとこの面も売ったのである。

「まったく、商い上手だ」

もう一度、大宮は吉兵衛の手腕を賛美した。

次いで、

「まさしく、ひょっとこの面を顔面に乗せることによって、一件の様相が変わったな」

夜鷹の死を契機に、ひょっとこの面は一層の注目を浴び、夜鷹の死も自害ではなく殺しではないかという声が聞こえるようになったのだ。

もちろん、吉兵衛は読売で盛んに煽(あお)り立てた。

「そなた、運もあるが巧みな知恵を持っておる。わしは、そなたの掌(てのひら)に乗せられておるようだ」

大宮は苦笑した。

「そりゃ、買い被りですよ。手前は、大宮さまを頼りにしていますよ」

からからと吉兵衛は笑った。

そこへ、お汁粉が運ばれて来た。

「こりゃいいね」

二杯目にもかかわらず、焼いた餅が一つ余計に入っていた。常連客の吉兵衛に配慮してのことであった。

真っ黒な汁粉とこんがりと狐色に焼かれた餅に吉兵衛は相好（そうごう）を崩した。

三

吉兵衛は藤木を殺し、夜鷹の自害を利用しただけでは収まらなかった。

二杯目のお汁粉を食べながら、

「両替商、山吹屋茂平を殺してください」

読売を買ってくれというような軽さで吉兵衛は大宮に頼んだ。

「なんだと」

両目を見開き、大宮は驚きを禁じ得なかった。

「山吹屋茂平はどうしようもない守銭奴、しかも悪辣（あくらつ）な手段で金を貯めた男なんですよ」

吉兵衛は淡々とした口調で茂平の悪行を語った。

茂平は裏長屋で小金を貸していた。

金を貸し、初めの内は取り立てが緩い。一日、二日遅れても何も言わない。ところが、ある日を境に態度を一変させる。

一日でも遅れたらそっくり元金ごと返せと迫る。しかも、法外な金利が加えられていた。証文の片隅に細かい字でその規定を書き込んであるという狡猾さだ。

やくざ者に駄賃を払って取り立てを任せた。払えないと家財道具を売らせたり、娘を女郎屋に売り飛ばして金を回収し、蓄財して今では幕府公認の両替商になったのである。

「悪辣な野郎でしょう」

吉兵衛は同意を求めた。

「いかにも、ひどい男だな」

大宮は認めた。

「お願いできますね」

穏やかな口ぶりながら、吉兵衛には有無を言わせない意志が見て取れる。口には出していないが、引き受けてくれなければ、藤木殺しの一件を表沙汰にする、あんたと手前は一蓮托生だ、と目が言っていた。

「わかった。承知した」

大宮は承知せざるを得なかった。

明くる十三日、大宮は愛宕権現近くの路上で茂平を刺殺した。

夕暮れ時、吉兵衛は茂平を呼び出していた。茂平から借りた百両を返済するという理由だった。

大宮はそれを聞くと、吉兵衛はなんだかんだと茂平の悪逆ぶりをなじったが、本音は借金を踏み倒したいのだ、と気づいた。しかし、今更断ることはできない。大宮は吉兵衛というしたたかな男に手玉に取られ、泥沼に足を踏み入れたのを自覚した。

こうなったら、毒を食らわば皿まで、共に地獄に堕ちるしかあるまい、と大宮は腹を括った。心を決めると、会ったこともない男を殺す抵抗が薄れた。それどころか、殺しという悪行が甘美なものにすら感じた。

夜鷹が首を括った小さな稲荷に潜んでいると、商人風の男がやって来た。肌寒い夕風に背中を丸め、うつむき加減に近づいてくる。夕陽に照らされた身形(みなり)は上等な紬(つむぎ)の小袖に黒紋付を重ねて、風呂敷包みを背負っていた。

吉兵衛によると、この日、茂平は借金の取り立てに回っているそうだ。百両以上貸している客先は番頭、手代任せにはせず、茂平自らが取り立てるのだとか。

とすると、風呂敷包みには取り立てた金が入っているのだろう。吉兵衛から、茂平を殺すついでに金を奪うよう頼まれている。

茂平は鳥居の前で立ち止まり、

「極楽屋さん」

と、呼びかけ、境内を見回した。

この稲荷で吉兵衛は茂平と会うと連絡をしていた。

吉兵衛が来ていないのを確かめると懐中から書付を取り出した。吉兵衛に貸している金の証文だろう。吉兵衛は百両、耳を揃(そろ)えて支払うと約束したそうだ。その言葉を信じ、茂平は借用証文を持参したのだ。

当然のように吉兵衛は証文も奪ってくれと言った。

吉兵衛の企みは吉兵衛が借金を返した後に茂平はひょっとこ野郎に殺された、というものだ。つまり、ひょっとこ野郎が吉兵衛の返した五百両を奪った、そう思わせるには茂平が取り立ててきた他の借金も一緒に奪うに限る。

茂平がいくら取り立てたのかわからないが、奪った金は分けようと吉兵衛は持ちかけた。

　分けるに当たって、六割を大宮にくれると吉兵衛は約束した。その時は金を欲しいとは思わなかったが茂平を殺す、と決めた途端に猛然とした金銭欲が湧いてきた。

　鳥居の陰から境内に歩を進めた。

　足音に気づいた茂平がこちらを見た。怪訝(けげん)な表情を浮かべる。

「極楽屋吉兵衛の代理で来た。借用証文を貰おうか」

　大宮は静かに告げた。

　茂平は手にしていた書付に視線を向けたが、

「すみませんが、お金が先でございます」

　と、毅然(きぜん)と言い立てた。

「よかろう」

　大宮は懐中に手を入れた。

　懐中を手で探ってから、

「受け取れ」

　と、ひょっとこの面を取り出し茂平に放り投げた。茂平のぽかんとした顔に面が当たって境内に転がった。

「ご冗談を……」

茂平がむっとして返したところで、大宮は抜刀した。

一瞬にして茂平の顔は恐怖に歪み、逃げ出そうとした。間髪容れず、大宮は大刀を袈裟懸けに斬り下げた。茂平は悲鳴すら上げられず、仰向けに倒れた。

大宮は血ぶりをして納刀すると、茂平の亡骸の側に屈む。茂平が握り締めていた証文を奪い取った。血に染まった証文を大宮は懐中に入れ、風呂敷包みを解いて手に持った。

そのまま立ち去ろうとして、

「肝心なことを忘れるところだった」

呟くとひょっとこの面を拾い上げ、血溜まりに横臥する茂平の顔に乗せた。

その頃、吉兵衛は日本橋の料理屋花膳にいた。商い仲間との寄合に出席していたのだ。

ひょっとこ野郎を特集した読売や草双紙を仲間に見せ、評判がいいと自慢した。

吉兵衛は茂平殺しの嫌疑の外に立った。

もちろん、茂平殺しも吉兵衛は大々的に記事にした。殺した当人の大宮から殺しの様子を入念に聞き取っただけに、記事は現実味を帯び、他の読売の追随を許さない仕上がりだ。

ひょっとこ野郎に関する読売、草双紙、錦絵は極楽屋が独占する勢いとなった。

四

十八日、町廻りで芝界隈(かいわい)にやって来たところで、

「あ〜あ、ひょっとこ野郎捕縛、押し付けられてしまったよ。まったく、面倒なことになったもんだ」

ぶつぶつと不平を漏らしながら菊之丞は寅蔵に告げた。

「いいじゃござんせんか。ひょっとこ野郎を捕まえましょうよ」

寅蔵は意気込んだ。

「その辺の置き引きを捕まえるように気軽じゃないぞ。捕まえるにしても、何処(どこ)を探

せばいいんだ。寅は見当がついているのか」

「それは、菊之丞の旦那のお役目ですよ。黙って座ればぴたりと当たる、水野南北先生直伝の観相でひょっとこ野郎の居場所を見立ててくださいよ」

当然のように寅蔵は頼んだ。

「調子のいいことを抜かすな」

菊之丞は寅蔵の額を小突いた。

「でも、おわかりでしょう」

額を手でさすりながら寅蔵は返した。

「何度言ったらわかるんだ。観相というのはな、妖術(ようじゅつ)じゃないんだよ。見立ての材料が要るんだ。愚痴っていても仕方がないな。まずはひょっとこ野郎が出没した現場を見るか」

菊之丞にしては、至極まともなことを言った。

「そりゃ、ごもっともなことで」

寅蔵も納得し、まずは愛宕権現の石段ですよ、と案内に立った。

「こりゃ急な石段じゃないか」

菊之丞は愛宕権現の石段を見上げた。

「上るのが億劫になりますよ」

寅蔵もため息を吐いた。

「行くぜ」

菊之丞は身体つきとは不似合いな程に敏捷な動きで石段を上がった。ぴょんぴょんと一段飛ばしの軽快な動作である。寅蔵も必死でついていった。

八十六段もある石段だ。寅蔵が息切れをすると幸い菊之丞も立ち止まり、振り返った。

「絶景だな、江戸中を鷲掴みにできそうだぜ」

上機嫌で菊之丞は大きく伸びをした。

眼下に、家々の屋根が銀の鱗にように連なり、品川の海まで続いている。初春の柔らかな日差しに照らされた海は、砂金をちりばめたような輝きを放っていた。

何時までも眺めていたいところだが、参詣客で賑わっている。石段を上る者が絶えることなく、蟻のような行列となっていた。脇を迷惑そうにすり抜けられては、景色を味わい続けるのは気が差す。

八十六段の石段は男坂と呼ばれるだけあって、急峻（きゅうしゅん）である。寅蔵同様に息が上がっている者、途中で休んでいる者が珍しくはない。

「さ、行くぜ」

一息入れてから菊之丞は石段を上がった。寅蔵はふらふらとした。なるほど、ここから落下したらひとたまりもないだろう。

石段の頂きに立ち、

「さっき、立ち止まったところが亡骸の横たわっていた石段だな」

菊之丞は言った。

「どうしてわかるんですか」

寅蔵が訊（き）くと、

「検死報告書に四十三段目と書いてあったからな」

さらりと菊之丞は言ってのけたが、

「じゃあ、一休みをしたのは亡骸の発見場所を確かめる為だったんですね」

寅蔵は感心した。

菊之丞は巨体とざっくばらんな物言いからして、大雑把でずぼらのようだが、探索は正確無比である。

「ここから後ろ向きに倒れた、ということだな。どうも、妙だぜ」

石段の頂きで菊之丞は後ろ向きになった。

「藤木は石段を下りようとした所で、わざわざ振り返ったということだ。境内に何か気になることがあったのか、忘れ物を思い出したのか……あるいは」

ここで菊之丞は言葉を止めた。

寅蔵が、

「あるいは……といいますと」

と、問いかける。

「誰かに呼び止められたんだよ」

菊之丞は答えた。

「なるほど……ということは、その呼び止めた者が藤木を突き飛ばしたということですか」

寅蔵はうなずいた。

「そう考えれば、藤木の死は事故ではなく、ひょっとこ野郎の仕業ということになるな」

菊之丞は顎を掻いた。

「すると、ひょっとこ野郎はどうして藤木を殺したんですかね」

「わからないな」

答えてから菊之丞は景色の素晴らしさを繰り返し述べ立てた。

「恨みでもあったんですかね」

「恨みの気は残っていないがな」

菊之丞は石段に視線を凝らした。

観相で見立てたようだ。

「観相ではそうなっているんですね。すると、やっぱり、楽しみで殺したんですかね」

「だから、わからんと言っているだろうが」

菊之丞は苛立（いらだ）った。

寅蔵は臆（おく）せずに続けた。

「藤木の亡骸から財布は盗まれていたんですか」

「財布は残っていたな」

「物盗り目的じゃないってことですか。もっとも、殺された時、石段は大勢の人が行き交っていたんでしょうから、財布なんか盗めなかったでしょうがね。じゃあ、次、藤木新五郎の住まいに行ってみますか」

寅蔵は石段を見下ろした。

「それしかあるまい」

さっさと菊之丞は石段を下りた。


藤木新五郎は芝神明宮から程近い裏長屋に住んでいた。寅蔵に聞き込みを任せ、いや、押し付け、菊之丞は茶店で休んでいた。草団子の皿を積み上げ、お茶で腹が一杯となっている。

疲れた顔で寅蔵がやって来た。いかにも、恨めしそうに菊之丞を見ながら寅蔵は報告をした。

「藤木が住んでいた長屋で聞き込んできましたがね、そりゃもう評判が悪いのなんのって」

呆れ返った、と寅蔵は言った。

藤木はとにかく無愛想で高慢だったそうだ。武士であるのを鼻にかけ、長屋の住人を見下していたそうだ。その為、長屋で親しむ者はおらず、顔を合わせても挨拶もしなかったとか。

「ですからね、死んでも悲しむ者もいなければ、喜ぶ者もいないって……つまり、関わりを避けたいお人だったみたいですね。考えようによっちゃあ、可哀そうな人ですよ」

寅蔵はああは成りたくない、と言い添えた。

菊之丞は楊枝を咥えた。

「ひょっとして、長屋の住人の仕業じゃないでしょうかね」

と、思い付きを口に出したものの寅蔵は即座に、「そんなはずないか」と自分で否定した。

「藤木に友人知人はいなかったんだな」

菊之丞の問いかけに、

「いないでしょうよ」

「来客もなかったのだな」

「そういやあ、一人、来客があったそうですよ。大家が藤木さんに会いに来る客なんているのかって、驚いたんでよく覚えているそうです」

「それを早く言えよ」

菊之丞は顔をしかめ、先を促した。

すんません、と寅蔵はぺこりと頭を下げ、

「客っていうのは浪人だったそうなんですよ。藤木と同じ相模平塚藩大沼讃岐守さまの御家中を離れた浪人さんだそうですよ。あいにく、藤木は留守中だったそうなんですがね」

大家は浪人に藤木が愛宕権現の境内で大道芸を披露していると教えたそうだ。

「そりゃ、面白そうだな」

菊之丞はにんまりとした。

「おそらくは、浪人は大道芸を見に行ったんでしょうがね。その日は、藤木が死んだ日じゃなかったんですよ」

残念そうに寅蔵は言った。

「その浪人が殺したとは限らんが、素性を確かめてみるか」

菊之丞は藤木新五郎が仕えていた相模国平塚藩邸へと向かった。


平塚藩大沼家の上屋敷は芝増上寺（ぞうじょうじ）の裏手にあった。

藩邸で藤木の上役という藩士から話を聞いた。上役によると、藤木は藩の公金を横領したことが発覚してお役御免になった。その際、藤木の同僚も共犯と見なされた。同僚は濡れ衣（ぬれぎぬ）だと申し立てたが、持ち物から金十両が見つかって御家を追われた。同僚は大宮伝四郎という至極真面目な男だったそうだ。大宮は藤木に嵌められたのだと主張していたという。

「大宮って浪人、怪しいですよ。いや、怪しいなんてもんじゃござんせんや。きっと、下手人に相違ありませんよ。菊之丞の旦那、大宮に会ったら観相で見立ててくださいね。悪相が出るのは間違いありません。あっしが請け負いますよ」

寅蔵は決めつけた。

早合点も寅蔵の常である。

「おいおい、そう決めつけるな。大宮の仕業かどうかはともかく、訪ねるとするか」

上役から聞いた大宮の住まいに菊之丞と寅蔵は向かった。

大宮は濡れ衣が晴れたら藩に帰参が叶う、その日の為に市井の住まいを上役に告げていたのだった。

五

芝三島町の裏長屋、大宮伝四郎の住まいにやって来た。

木戸を潜り、路地を進む。九尺二間（けん）の棟割り長屋の真ん中辺りが大宮の家であった。

すると、大宮の家に入ろうとする男がいる。背中を向けているが、一見して浪人とわかった。

「すんませんね。大宮伝四郎さまでいらっしゃいますね」

寅蔵は丁寧に問いかけた。

「いかにも」

路地で大宮は振り返った。寅蔵に視線を向けてから菊之丞に気づいた。

「町方のご仁か」

大宮は問い直した。

「ちょいと、確かめたいことがあるんですよ」

寅蔵が言うと、

「何かな」

受け入れてから、

「立ち話もなんだ。狭い所だが入ってくれ」

大宮は腰高障子を開けた。

九尺二間の棟割り長屋とあって狭いには違いないが、きちんとした掃除がなされ、うらぶれた様子ではない。菊之丞は上がり込んでどっかとあぐらをかいたが、寅蔵は遠慮して土間に立っていた。

「茶ぐらい淹れたいのだが、あいにく手元不如意でな」

恥じ入るように大宮は言った。

「ところで、あんた、平塚藩に仕えていた頃の同僚、藤木新五郎さんが殺されたのを知っているね」

菊之丞は問いかけた。

「殺された……石段を踏み外して転落した、つまり事故だったのではないのか」

大宮は首を傾げた。

「おれは殺しと睨んでいるんだ」

菊之丞はずばりと言った。

「まさか、拙者が下手人だと疑っておられるのか」

「そうだ。だから、訪ねて来たんだよ」

抜け抜けと菊之丞は返した。

毎度のことながら寅蔵は冷や冷やとする。

大宮は表情を強張らせた。

「あんた、平塚藩で勘定方を務めていた時、藤木さんとつるんで不正を働いたんだってな。それで御家を首になった。そうだろう」

相手の気持ちを逆撫でにするかのように菊之丞はずけずけと問いかけた。

「申しておくが、拙者は藤木とつるんでなどおらなかった。不正は藤木一人が行ったのだ。拙者は藤木を咎めようとした。ところが、藤木は拙者を恨み、あたかも共に不正を働いたかのように見せかけたのだ。拙者は藤木に嵌められたのだ」

悔しそうに大宮は吐き捨てた。

それを聞き流すように菊之丞は話を変え、本題に入った。

「正月、あんたは藤木さんを訪ねているな、一体何用だったんだ」

「果し合いを申し込みに行ったのだ」

堂々と大宮は打ち明けた。

「へ〜え」

寅蔵は驚きの声を上げた。

大宮は薄く笑いながら、

「残念ながら不在であったのでな、藤木に果し状を受け取らせることはできなかった」

「しかし、藤木さんが愛宕権現の境内にいるってことは大家に聞いたのだろう」

「聞いた。しかし、愛宕権現には行かなかった」

「果し合いは取り止めたのか。取り止めて、石段から突き落とすことにしたのだな」

菊之丞の推量に大宮はむっとしながら、

「そんな卑怯な手段はとらぬ。藤木が逃亡するのを恐れたのだ。よって、果し状ではなく直接声をかけて、時を移さずに果し合いを行おうと思った次第。それで、出直すことにした」

理路整然と釈明した。

「ふ〜ん」

菊之丞は腕を組んだ。

「信じられぬか」

静かに大宮は確かめてきた。

「あんた、大宮が死んだ頃、何処にいたんだ」

菊之丞は問を重ねた。

「さて、どうであったかな」

記憶の糸を手繰(たぐ)るように大宮は斜め上を見上げた。

次いで、

「藤木が死んだのはいつだったかな」

と、菊之丞に問い直す。

「正月の五日ですよ」

菊之丞に代わって寅蔵が答えた。

「そうか、ああ、思い出した」

大宮は声を弾ませた。

菊之丞が無言で問いかける。

「その日は傘張りの駄賃を受け取った。主人が正月ということで多少、色を付けてくれたのだ。それで、偶には贅沢(ぜいたく)をしようと思ってな、品川に繰り出した」

答えてから大宮は苦笑した。

菊之丞がおやっとなると、

「つい、羽目を外してしまってな、三軒もはしご酒をしてしまった。いやあ、拙者としたことが面目ない」

頭を掻き、大宮は言った。

寅蔵が、

「念の為、お店の名前を教えて頂けませんかね」

辞を低くしながらも、きっぱりと訊いた。

「構わんぞ」

快く大宮は受け入れ、三軒の縄暖簾の名前を挙げた。寅蔵は矢立から筆を取り出し、懐紙に書き記した。

「疑われるのはもっともだな。実際、この手で斬ってやりたかった。実に卑怯な男であった」

大宮は怒りを滲ませた。

「失礼したな」

菊之丞は立ち上がった。

「お役に立てたかな」

大宮も腰を上げた。

不意に、

「あ、そうだ。夜鷹のお久、両替商の山吹屋茂平を知っているかい」

と、問いかけたが、大宮は無言で首を左右に振った。

その後、寅蔵は大宮が立ち寄ったという品川の縄暖簾を当たり、大宮の証言が裏付けられた。

「大宮はひょっとこ野郎じゃないですね」

寅蔵は言った。

「そうかなあ……」

菊之丞は首を捻った。

「どうしました」

寅蔵は危うさを感じているようだ。

「観相によると、大宮には邪悪の相が出ていた。はっきりとな」

菊之丞は断じた。

「観相が間違っているってことじゃないんですかね」

という寅蔵の考えに、

「馬鹿、そんなことがあるものか」

菊之丞は嫌な顔をした。

「ですがね、大宮に藤木を殺すことはできませんでしたぜ。身体が二つありゃ別ですがね。そういうわけにはいかねえですよ」

この時ばかりは、寅蔵の言うことはもっともである。菊之丞は首を捻り、おかしいと繰り返し言い立てた。

「そりゃ、何事も百発百中というわけにはいきませんや」

訳知り顔で寅蔵は言った。

「やる気が失せたな。はげ寅、任せるぞ」

菊之丞はさっさと何処かへ立ち去った。

「まったく……」

寅蔵は苦い顔をしてお久殺しの聞き込みに向かった。

六

寅蔵はお久が殺された稲荷近くの夜鷹の家にやって来た。西久保車坂町にある一軒家で、この界隈で春をひさぐ夜鷹を束ねるお志摩(しま)が家主だ。お志摩は何人かの夜鷹と暮らしていた。

寅蔵は居間でお志摩に会った。

見たところ、お志摩は四十過ぎ、夜鷹を束ねる貫禄を示そうというのか、小太りの身体を男物のどてらに包んでいた。厚化粧を施した顔の金歯が目立っている。

「なんですよ」

けだるそうにお志摩は訊いてきた。

「先だって、殺された夜鷹の一件なんだよ」

寅蔵は言った。

「ああ、お久さんのことかい」

お志摩の表情が曇った。

「ひょっとこ野郎なんてふざけた奴に殺されてしまって。ほんと、気の毒なことだったな。お上にしたって、ろくに調べもしなかったんだからな」

寅蔵は同情を寄せた。

お志摩は浮かない顔をしている。

「今更なんだがな、お久を殺した下手人を挙げようって腹積もりなんだぜ」

「そりゃ、あの世のお久さんも少しは報われるってもんですけどね……」

まだ、お志摩は奥歯に物が挟まったような物言いである。

それには構わず、寅蔵は続けた。

「お久は客と揉めたんだな」

「そうだと思うんですがね」

お志摩ははっきりしない。

「何かあるのかい」

「それがですね、お久さんはね、死にたがっていたんですよ」

意外なことをお志摩は言い出した。

「そりゃ、どうしてだい」

「お久さん、憐れな身の上でね……もっとも、あたしら夜鷹というのは、大抵訳ありなんですけどね」

お久は亭主と子供を火事で亡くし、半年前から夜鷹をやり始めた。しかし、時に亡き亭主と子供を思い出しては涙を流し、ぼうっとうつろな目で過ごす日々だったそうだ。

「心ここにあらずって日が続いたんですよ。みんなして励ますと、一時、元気になるんですがね、長続きはしませんで、すぐに気が塞(ふさ)いでしまって……」

それで、お志摩は心配になり、様子を見に行ったそうだ。

「すると、お久さん、暗がり稲荷の樫の木の枝で首を吊っていたんですよ。あたしゃ、びっくりして……」

お志摩はすぐに近くの自身番まで走った。

お久の亡骸が見つかった稲荷は鬱蒼とした雑木林が茂り、昼でも薄暗いことから暗がり稲荷と呼ばれているそうだ。

「ちょっと、待ってくんな」

寅蔵は制した。

口をつぐみお志摩は寅蔵を見返す。

「お久は絞め殺されたんじゃないのかい。地べたに横たわっていたんだろう。その顔にひょっとこのお面が乗っていたんだ」

寅蔵は言った。

「それが妙なんですよ」

悩ましそうな声でお志摩は両目を見開いた。

「どうした」

「だって、お久さんは首を吊っていたんですよ。間違いなく息を引き取っていたんですから。死人が地べたに下りるわけがないんですよ。ですから、誰かが下ろしてひょっとこのお面を乗せたんですよ……でも、どうして、そんなことをするんですかね」

怖くなってお志摩は誰にも言わなかったそうだ。

「そりゃ、確かに妙だ。ひょっとこ野郎は自害したお久を殺しに見せかけたってことか。一体、何の為に」

寅蔵も首を捻った。

「お久さんは、自害で間違いないんです。ですから、殺した下手人を探して頂く必要はないんですけどね。ただ、亡骸を辱めた奴がいるのは確かです」

声を上ずらせてお志摩は言い立てた。

「お久の亡骸を見つけてから番屋に行き、現場に戻るまでどれくらいだった」

気を取り直して寅蔵は問いかけた。

「そんなに時は経っていませんよ」

それはそうだろう。

現場から自身番までは二町程だ。自身番に飛び込んで事情を話し、町役人と一緒に戻ったとしても、四半時の半分程であろう。

ひょっとこ野郎はその隙を狙ってお久の亡骸を地べたに下ろし、ひょっとこの面を乗せたことになるのだ。強い疑念を抱きつつも、

「供養してやってくんな」

寅蔵はお久の供養料を手渡し、お志摩の家を出た。

明くる日、菊之丞は西久保車坂町で寅蔵からお久の死について聞き込みの成果を聞いた。

「自分が手をかけたんでもないのにひょっとこの面を乗せるってえのは、ひょっとこ野郎の奴、やっぱり面白がっていやがるんですよ」

寅蔵は憤った。

「ひょっとこ野郎は偶々お久の首括り現場に行き当たったってことになるな」

菊之丞は冷静に評した。

「そうなんですよ。ひょっとこ野郎は愛宕権現の辺りを夜回りでもしているんですか

ね」

寅蔵は首を捻った。

「それと、ひょっとこの面だ。ひょっとこ野郎はひょっとこの面を被って歩いているのか、それとも面を持ち歩いているのか」

菊之丞の疑念に、

「それも妙ですね」

寅蔵も賛同した。

「お志摩がお久の亡骸を見つけたのは暮れ六つ近くだな」

「そうです。あの辺りは人気(ひとけ)がない寂しい所なんですよ」

「よし、行くぜ」

菊之丞は歩き出した。


西久保車坂町にある暗がり稲荷の現場周辺を歩いた。

すぐ近くに読売屋があった。店先には読売の他、草双紙や錦絵が並んでいる。更にはひょっとこの面が陳列してあった。

「この読売屋、ひょっとこ野郎で儲けていますよ」

寅蔵は嫌な顔をした。

「人の噂を飯の種にするのが読売屋だ。それより、お久の亡骸に乗せられたひょっとこの面はここで買ったのかもしれんな」

菊之丞が言うと、

「そうですね」

寅蔵は聞き込みましょう、と極楽屋の中に入った。

「ごめんよ、主人いるかい」

寅蔵が声をかけると帳場机に座っていた男が出て来た。男は吉兵衛と名乗った。菊之丞が、

「お茶をくれないか」

図々しく頼んだ。

吉兵衛はお茶と茶菓子を用意させた。

「ひょっとこ野郎で儲けているな」

菊之丞は言った。

「おや、そのことをお咎めにいらっしゃったのですか」

　吉兵衛は動ぜずに笑顔で返した。

「咎めやしないさ。読売屋の本懐だ。精々、儲けるんだな。今日はな、夜鷹のお久殺しについて聞きたいんだ」

「気の毒なことですな」

　吉兵衛は両手を合わせた。

「それでだ、お久の亡骸に乗せてあったひょっとこの面なんだがな、ここで売ったもんじゃないか」

　菊之丞が問うと、

「さて、どうなんでしょうか」

　わかりません、と吉兵衛は首を傾げた。

「覚えがないか」

　菊之丞は巨顔を突き出した。

「出入りのお客さまは大勢いらっしゃいますからな」

　しれっと吉兵衛は答えた。

寅蔵が、

「そりゃそうだろうが、少しは考えてみてくれよ」

「そんなことをおっしゃられても」

わかりません、と吉兵衛は繰り返すばかりだ。むっとして寅蔵は更に迫りそうにな
ったが、そこへ、

「極楽屋さん」

と、切迫した声が聞こえた。

途端に吉兵衛の顔がしかめられた。入って来たのは若い男である。ひょろっとした
弱々しそうな容貌ながら余裕のない顔つきである。

血走った目で、

「金を返しておくれな」

男は言い立てた。

吉兵衛は菊之丞と寅蔵を気にしながら、

「ちょいと、清六（せいろく）さん、時と場所を考えておくれよ。今、大事なお客さまのお相手を
しているんだよ」

小馬鹿にしたように鼻で笑った。

「金を返してくれ……あ、そうだ。お役人さま、金を返すように言ってくださいよ」

清六は菊之丞に訴えかけた。

菊之丞は露骨に顔をしかめた。

寅蔵が、

「きちんと、証文を添えて御奉行所に訴えるんだな」

すかさず、

「そうだとも」

ここぞと吉兵衛は言い立てた。

清六はむっとして立ち尽くしている。

「清六さん、ともかく今日のところは帰っておくれな。後日、ちゃんと話は聞くから」

一転して吉兵衛はやんわりとした口調で言った。清六は黙り込んでいたがぷいと横を向くとそのまま出て行った。

吉兵衛は小さくため息を吐き、

「まったく、参りましたよ。いえね、清六さんのおとっつあんから少々金を借りていたんですよ。手前は、ちゃんと返したんです。それなのに、清六さんは返してもらっていないなんて言いがかりをつけて」

困ったお人だと吉兵衛は清六をくさした。

「親父っていうと……」

菊之丞が問いかけた。

「山吹屋茂平さんですよ」

吐き捨てるように吉兵衛は答えた。

寅蔵が、

「ひょっとこ野郎に殺された両替商か」

と、思わずといったように言った。

菊之丞は吉兵衛を見た。

吉兵衛は淡々とした様子で、

「そうですよ。ほんとにいい人だったんですがね。手前は茂平さんが殺されたって耳にした時は神仏を恨みましたよ」

「いくら借りていたんだ」

菊之丞は問を重ねた。

「百両程ですがね。なんとか、お返ししたんです」

「それなのに、倅は返してもらってないと言っているのか」

「言いがかりもいいところです。なら、証文を見せてください、出る所へ出ましょう、と手前は言っているんですがね」

困った、と吉兵衛は嘆いた。

「清六に証文はないのか」

「あるわけありませんよ。茂平さんに返済をしてから手前が証文を貰いましたからね」

「それなら、清六に証文を見せてやったらどうだ」

菊之丞が言うと寅蔵も、「そうだ」とうなずいた。吉兵衛は肩をすくめて、

「燃やしてしまいましたよ。用済みですからね。借金の証文なんて後生大事に持っているもんじゃござんせんや」

と、笑った。

「違いないですね」

寅蔵は応じた。

すると吉兵衛は、

「念の為に申し上げますがね、茂平さんが殺された頃、手前は日本橋の料理屋で寄合に出ていましたよ」

訊かれもしないのに証言した。

「わかった。もういいよ」

菊之丞は腰を上げた。

七

極楽屋を出たところで清六が待っていた。

「邪魔だ」

無情な声をかけて菊之丞は清六を手で押し退けた。清六はよろめきながらも、

「お願いがあるんです」

と、訴える。

寅蔵が、

「借金の返済だったら、きちんと証文を揃えて奉行所に訴えろって言っただろう」

「借金のこともなんですけど、吉兵衛はおとっつあんを殺したんですよ」

不穏なことを清六は言い立てた。

「おいおい、何を言い出すかと思ったら、頭を冷やしたらどうだい」

寅蔵は窘めた。

「あたしは正気ですよ。あいつが殺したに違いないんだ」

目に涙を溜めながら清六は声を大きくした。

「気持ちはわかるが、何か証でもあるのかい。何の証もないんじゃ、お縄にはできないぞ」

諭すように寅蔵は語りかけた。

すると、清六は口を閉ざしてしまった。それを見て、

「親父さんの跡を継いで店を繁盛させるんだ。それが親父さんの供養ってもんだぜ」

もっともらしいことを寅蔵が言ったところで菊之丞が、

「吉兵衛は返済したと言っていたが何時のことだ」

と、問い質した。

「今月の十三日です。その日、おとっつあんは借金の取り立てに回っていたんです。あたしも手伝いで回りました。それで、今日は吉兵衛さんが返済をしてくれるって言っていましたよ」

清六は答えた。

「極楽屋で返済してくれると、吉兵衛は言ったのか」

菊之丞は問を重ねる。

「そうです」

「何時頃、極楽屋に行くと言っていた」

「刻限はわかりませんが、多分最後に寄るつもりだったと思います」

「どうしてわかる」

「一番の大金ですから、最後に受け取り、日がある内に済ませたかったんだと思います」

「なるほど、筋は通っているな」

菊之丞はうなずいた。

「じゃあ、親父さんは極楽屋に寄った帰りに殺されなさったのかい」

寅蔵が確かめた。

「その前だと思いますよ」

亡骸が見つかったのは夕七つ、まだ日があった頃である。

「その時分、吉兵衛さんは日本橋の料理屋にいたんだったな」

寅蔵は首を捻った。

「ですから、あいつは借金を払ってなんかいないんですよ」

ここぞとばかりに清六は言い立てた。

「しかし、親父さんを殺すことはできないぞ」

菊之丞は指摘した。

「でも、吉兵衛に決まっていますよ」

清六は声を大きくして言い張った。

「とにかくだ、今日は帰った方がいいですよ」

寅蔵は慰めた。

「このままじゃ、収まりませんよ」

清六は抗(あらが)った。

「だから、証もないのに殺しの疑いをかけるわけにはいかないんですって。若旦那、その辺のところはよくおわかりでしょう」

寅蔵は噛(か)んで含めるようにして説得した。

「そりゃ……」

清六は悔しそうに唇を噛み締めた。

すると、

「おれが吉兵衛をお縄にしてやるぜ」

菊之丞が言った。

「旦那……」

寅蔵は唖然(あぜん)となった。

「まことですか」

清六は顔を輝かせた。

「任せろ」

自信たっぷりに菊之丞は返した。それを見て、

「よろしくお願いします」

清六は平身低頭となり、去っていった。

「いいんですか、あんなことを言って」

寅蔵は危ぶんだ。

それには答えず、

「まず、日本橋の料理屋で吉兵衛の話を裏付けるんだ」

菊之丞は言った。

「吉兵衛が茂平を殺したって観相で見立てたんですか」

「そういうことだ」

菊之丞はにやりとした。

八

その夜、極楽屋の奥座敷で吉兵衛と大宮は密談に及んだ。

「町方が事件の探索を始めたぞ」

大宮は責めるように言った。

「手前の所にも来ましたよ。ですがね、気にすることはありませんよ」

大丈夫です、と吉兵衛は強調した。

「強気はいいが、油断はよくないぞ」

「手前は尻尾を出すことはありませんよ。取りこし苦労はなさらないことですな」

余裕たっぷりに吉兵衛は言葉を重ねた。

「だといいがな」

大宮は浮かない顔だ。

「それにしても、急に事件をほじくり返すとは、町奉行所は何を考えているんでしょうかね。ですが、うちに来た同心……相撲取りのような大きなお方でしたけど、大したことはないでしょう。ウドの大木ですよ。まるで鋭いところがありませんでした」

吉兵衛は菊之丞をくさした。

「そうかな、わしは、あの男に得体の知れない恐ろしさを感じる」

大宮は異を唱えた。

「そりゃ、大宮さまの買い被りというものですよ」

吉兵衛は笑った。

「そうであればよいが……」

大宮は納得できないようで浮かない顔だ。

「とにかく、手前たちと殺しを結びつけるものはないのですから、慌てず騒がず、じっとしていればいいでしょう」

「そうだな……落ち着こう」

大宮はうなずいた。

「では、一杯いきますか」

吉兵衛が誘うと、

「いや、今は一緒にいるところを見られるのはよくない」

大宮は慎重になった。


果たして、吉兵衛は山吹屋茂平が殺された頃合いに日本橋の料理屋花膳にいたことが確認された。

「やっぱり、吉兵衛の仕業じゃござんせんよ」

困り顔で寅蔵は言った。

「いや、吉兵衛の仕業だ」

菊之丞は断じた。

「そんな……一体、どうやって殺したんですよ。吉兵衛に身体が二つありゃ出来るでしょうが……あれ、どっかで聞いたような台詞だな……」

寅蔵は首を捻ってから、

「あ、そうだ。藤木殺しを調べていた時、大宮という浪人が怪しいと踏んで、この台詞を言ったんでしたね。大宮も身体が二つあったら、藤木を殺せたんですよね」

と、述べ立てた。

「それだ。それがからくりだぜ」

菊之丞は巨顔をにんまりさせた。

悪党面に悪戯坊主が大人をからかった時の得意そうな笑みが浮かんだ。

「からくりって言いますと」

「吉兵衛と大宮が結託をしていたとしたらどうだ」

「結託していたら、大宮が茂平を殺し、吉兵衛が藤木を殺したってことですか」

「そうだ」

「こりゃ、よく考えたもんですね。するってえと、夜鷹のお久は……」

「おそらくは、吉兵衛は偶然お久が首を括ったのを見かけたんだ。それで、咄嗟(とっさ)にひょっとこの面を乗せ、ひょっとこ野郎の仕業に見せかけたんだ」

菊之丞の推量に、

「そういうこってすか。野郎、狡猾ですね」

寅蔵は感心半ば怒りを示した。

「さて、どうするか」

菊之丞は思案をした。

「番屋にしょっ引きますか」

「その前に大宮と吉兵衛が繋がっているのを確かめる」

「わかりました。張り込みますよ」

寅蔵は意気込んだ。

「それもいいが……」

菊之丞は顎を掻いた。

「どうしました」

寅蔵も期待を込めて問い直した。

「大宮に文を届けろ。投げ文でいいよ」

「わかりましたが……」

寅蔵が訝しむと、菊之丞は懐紙に矢立の筆をさらさらと走らせて寅蔵に渡した。

「ひょっとこの面を取りに来てください」

寅蔵は読み上げてから、

「こりゃ、どういう意味ですよ」

「それを読んで大宮が極楽屋に来るようだったら、大宮と吉兵衛は繋がっている、と見て間違いなかろうよ」

という菊之丞の考えに、

「なるほど、その通りですね」

寅蔵は書付を折り畳んで懐中に入れると、走り出した。

大宮の家から戻った寅蔵と菊之丞は、極楽屋を見張ることができる暗がり稲荷に潜んだ。

「さて、大宮の奴、飛んできますかね」

寅蔵は両手をこすり合わせた。

「来るだろうさ。大宮は不安に駆られている。おれが脅してやったからな」

菊之丞はにやりとした。

「黙って座ればぴたりと当たる、というわけですね」

寅蔵も笑った。

すると、

「案の定だぜ」

菊之丞は顎をしゃくった。

大宮が極楽屋に入っていった。

菊之丞と寅蔵はゆっくりと近づく。店の中を覗くと大宮と吉兵衛がやり取りをしている。菊之丞と寅蔵は戸袋の陰に潜んで耳をすませた。

「ひょっとこの面を取りに来てくださいとはどういうことだ」

大宮の問いかけに、

「何のことでございますか」

おやっとなって吉兵衛は問い直した。

「何とは……これだ」

大宮は懐中から書付を取り出した。それを吉兵衛は受け取り一瞥(いちべつ)した。

「手前は、こんな物書いておりません」

首を捻りながら吉兵衛は書付を大宮に返した。

「まことか……」

大宮は受け取りながらいぶかしんだ。

「大宮さま、これ、手前の字じゃありませんよ」

顔をしかめ吉兵衛は指摘した。

慌てて大宮はしげしげと見直した。

「焦っておられるんじゃありませんか。ほんと、大宮さま、落ち着かれませ。どうです、一杯でも」

吉兵衛は笑って語りかけた。

「となると、これ、誰がこのような書付を……」

大宮は益々疑念を深めた。

ここで菊之丞は店に入ると、

「おれだよ」

と、声をかけた。

大宮と吉兵衛は啞然となって菊之丞を見返した。

「あんたたち、懇意なようだな」

菊之丞は大宮と吉兵衛の顔を交互に見た。

それには答えず、

「早瀬さま、これはいかなるご冗談でございますか」

吉兵衛は笑顔を取り繕った。

「確かめてみたかったんだよ。あんたたちがひょっとこの面で繫がっているのをな。案の定ってわけだ」

菊之丞は言った。

「お人が悪いですな」

吉兵衛は憮然となった。

「そうさ、おれは人が悪いんだよ。褒め言葉と受け止めておくぜ」

抜け抜けと菊之丞は笑った。

「目的は何でござる」

大宮が問いかけた。

「あんたらの殺しを暴くことさ」

ずばり、菊之丞は言った。

吉兵衛は顔をしかめた。

「無礼な」

声を大きくし、大宮は腰を上げた。

「まあ、待ってくれ。どうせ、暇なんだろう」

遠慮会釈のない物言いを菊之丞はした。大宮は憤怒の形相になった。

「まあ、話をしようじゃないか」

菊之丞は店に上がり込んだ。大刀を鞘ごと抜いて畳に置いてどっかと腰を据える。

寅蔵は土間に立って様子を窺った。

「あんたたちがひょっとこの面で繋がっているということは、藤木殺しと山吹屋茂平殺しを助け合ってできる、ということだ。藤木が殺されれば大宮さんが疑われる、茂平殺しは吉兵衛に疑いの目が向けられる。だから、疑われても殺していない、と明らかに言える工夫をしたってわけだ。藤木が殺された頃、大宮さんは品川の縄暖簾をはしごしていた、茂平が斬られた時、吉兵衛は日本橋の料理屋で宴を張っていた、と文句のつけようのない工作をしたんだ。殺したい相手を交換することでな」

淡々と菊之丞は語り終えた。

大宮は口を閉ざしたままだが、

「お見事！」

吉兵衛は両手を打ち鳴らし、

「ご明察の通りでございます」

と、罪を認めた。

苦々しい顔で大宮は舌打ちをする。

「おまえ、往生際がいいじゃないか」

菊之丞は寅蔵と顔を見合わせた。寅蔵は半信半疑の様子だ。

「手前も江戸っ子の端くれ、じたばたしませんよ。さあ、早瀬さま、御奉行所に参りましょう」

晴れ晴れとした顔で言うと吉兵衛は腰を上げた。

菊之丞は寅蔵に縄を打てと命じた。

と、その時、吉兵衛は畳に置かれた菊之丞の大刀を取り上げ、

「大宮さま、こいつらを斬ってください！」

と、大宮に甲走(かんばし)った声で頼んだ。

「しかし……」

大宮は躊躇(ためら)いを示した。

「ひょっとこ野郎の仕業にすれば大丈夫ですよ。疑われっこありません」

自信たっぷりに吉兵衛が言うと、大宮は意を決し立ち上がるや抜刀した。

慌てて寅蔵は十手を抜いたが、あっという間に大宮は迫り、大刀を横に一閃(いっせん)させた。

十手が弾け飛ぶ。

その間、菊之丞は何と大きく伸びをして大宮と吉兵衛を見ていたが、

「大宮さん、中々の腕だな。浪人してからも剣の鍛錬を怠っていないと見える。感心なこった」

やおら、腰を上げると、「外に出るぞ」と悠然と歩き出した。

人を食った菊之丞の態度に大宮は戸惑いを示したが、すぐに追いかけて極楽屋を出た。吉兵衛も大宮に続く。

夜の帳が下り、下弦の月がほの白く往来を照らしている。

菊之丞は羽織を脱ぎ捨て、

「さあ、やるか」

相撲でも取るように大宮に語りかけた。

次いで、本当に相撲を取るように四股を踏んだ。

「大宮さま、やってください！」

吉兵衛が金切り声を上げた。

素手で相手になろうという菊之丞に大宮は腹を立てた。

「おのれ、愚弄するか！」

大上段に構えると大宮はすり足で菊之丞との間合いを詰めた。

憤怒の形相で大刀を横に払った。

月光を弾いた白刃が菊之丞の咽喉(のど)に襲いかかる。

菊之丞は首だけをひょいと背後に動かした。

大宮の大刀は空を切った。

大宮はすかさず正眼(せいがん)に構え直す。

菊之丞は両手を広げ大宮の前に立った。

顔を歪ませ、大宮は突きを繰り出した。

菊之丞は巨顔をほんの少し右に避けた。

大刀の切っ先が菊之丞の首すれすれに外れた。

焦ったように大宮は歯噛みをし、八双(はっそう)に構え直すと、今度は菊之丞の胴を狙って斬り付けた。

しかし、大刀は菊之丞の胴すれすれをかすめていった。

大宮の顔面は汗にまみれ、息は上がった。

それでも、菊之丞を仕留めようと大刀を大上段に振りかぶった。

と、次の瞬間、菊之丞は大宮の懐に飛び込んだ。巨体に似合わない敏捷な動きだ。

「そらよ」

菊之丞は拳を大宮の鳩尾にのめり込ませた。

大宮は膝から頽(くずお)れた。

菊之丞が編み出した観相を用いた体術である。

敵の表情の変化、目や肩、腰の動きを見定めることにより、太刀筋を見切る。つまり、無駄な動きがなくなり、相手の急所に打撃を加え、一瞬で勝負を決するのだ。

不意に吉兵衛が逃げようとした。

それを、

「おっと、そうはいくかい」

寅蔵が阻止した。

吉兵衛は菊之丞に向かって、

「手前は大宮さまに無理強いされたのでございます。手前は止めたのです。それなのに、大宮さまは、手前を脅して……手前の意志ではないのです。手前はただただ怖くて……言うことを聞かなければ、斬る、と大宮さまに脅されましてて……」

早口でぺらぺらと語り続ける。

菊之丞は近づき、

「奉行所まで黙ってろ」

両手を吉兵衛の顎に添えると、ぐいっと横に捻った。

「あああ……」

顎が外れ、吉兵衛は両手をばたばたと動かしながら尻餅をついた。

「そうだ」

寅蔵は店に戻るとひょっとこの面を二つ持って来て、大宮と吉兵衛に被せた。

「南町の早瀬菊之丞さま、ひょっとこ野郎を召し捕る！　極楽屋じゃ読売に出来なくて残念だったな」

寅蔵は吉兵衛に言った。

夜風は肌寒いが梅が花を咲かせ始め春の深まりを感じさせた。

「昼寝が楽しみな時節到来だ」

菊之丞は大きく伸びをした。

第二話　毒の契り

一

如月五日の昼下がり、神田白壁町の呉服屋、近江屋の主人藤次郎は出かけようとした。

風には温もりが感じられ、梅の花が咲き誇っている。出かけるには良い日和だ。浮き立つ思いの余り、鼻歌が口から漏れた。

藤次郎は三十歳の働き盛り、小袖を着流し、羽織を重ねた様子に隙はない。と言っても紺地無紋の小袖も羽織も決して上物ではなく、店で売れ残った品で間に合わせている。中肉、中背、男前ではないが、笑顔になると親近感を抱かせた。

ところが、

「おまいさん、どちらへ」

と、女房のお房に呼び止められた。

冷や水を浴びせられたような気分だ。

内心で舌打ちをして、

「ちょいと、神田明神さんに商い繁盛を祈願してくるよ。その後、日本橋の呉服屋さんを見て回る。どんな呉服が売れているのか確かめるさ」

藤次郎は笑顔を取り繕って答えた。

「それは商売熱心なこと」

お房も微笑んだが一瞬にして顔を引き攣らせ、

「お清を連れて神田明神さんにお参りをして、日本橋の呉服屋で新しい着物を買ってあげるのかい。せめて、着物ならうちで買えばいいだろう。ああ、そうか、お清にねだられたんだ。日本橋の越後屋さんに素敵な小袖があるの、旦那さま〜、買ってくださいってね」

と、ねちっこい口調で言い立てた。

「馬鹿なことをお言いでないよ」

取り合わず、藤次郎は歩き出した。背中越しに、

「おまいさん、帰ってから話があるからね」

釘を刺すようにお房は声をかけてきた。

お房は一つ年下、紫色地に紅白の梅を描いた裾模様の高価な小袖を身に着け、紅色の帯を締めている。丸髷を鼈甲の笄、櫛、簪が飾り、濃い目の白粉に真っ赤な紅を差していた。吊り上がった目がいかにも気が強そうでもある。

無言でうなずき、藤次郎は店を出た。奉公人たちや客が二人の言い争い、いや、お房の一方的な責め言葉を窺っていた。

藤次郎は神田明神下にある小体な一軒家にやって来た。

「まったく、疲れるよ。お房の意地の悪さといったらない。息が詰まるね」

藤次郎はため息を吐いた。

「わたしのせいで、女将さんが怒っていらっしゃるんですね」

申し訳なさそうにお清はお辞儀をした。

「おまえが謝ることじゃないし、悪くもないんだよ」

表情を和らげ、藤次郎は優しく語りかけた。

それでも、お清はもう一度頭を下げてから、

「人形焼き、温かい内に召し上がりますか」

と、藤次郎の土産を見た。

「一緒に食べよう。それと、いつものも頼むよ」

笑みを深め、藤次郎は頼んだ。

藤次郎は近江屋の奉公人であった。

機転が利き、真面目な働き者ということで若くして手代になった。手代になっても、脇目も振らずに働き、新規のお得意を多数獲得し、近江屋の身代が大きくなり、表通りに店を構えるのに貢献した。

手代になって三年が過ぎた二十四歳の頃、主人から娘のお房の婿として近江屋を継ぐよう要請された。

主人夫婦には男子はなく、一人娘のお房に婿を取らせ、近江屋を存続させるつもりだったのだ。

藤次郎が婿養子となってから三年、両親は相次いで亡くなった。藤次郎は名実ともに近江屋の主となったが銭金は自由にならない。お房がしっかり財布の紐を握っているのだ。

いくら儲かっても勝手に金を使うことはできず、主人である藤次郎もお房から給金が支払われている有様だ。神田白壁町きっての大店、近江屋の主人でありながら藤次郎は月々十両の給金で過ごしているのである。

もっとも、飲み食いや住まいには銭金を要さない為、藤次郎に不満はない。奉公人の頃から贅沢を知らず、質素に暮らしてきており、無駄遣いもしなかった。

月十両を貰っても使い道はなく、溜まる一方だった。それが、お清と深い仲になり、お清を囲う為に費やすようになった。家賃や生活費、偶には着物や小間物を買ってやるのだが、少しも惜しいとは思わない。

お房は気が強く、藤次郎に遠慮会釈のない物言いをし、お清との仲も勘づいてくどくどと責め立てる。

「どうぞ」

お清は人形焼きとお茶、それに加えて小さな紙包みを持って来た。お茶の他に白湯も添えてある。藤次郎は紙包みを開き、粉薬を白湯で咽喉に流し込んだ。顔をしかめ、すぐに人形焼きをぱくつく。薬の苦さを餡子の甘味が消し去ってくれた。

「美味いね」

藤次郎は笑顔を見せた。

お清もにっこり微笑んだ。それを見ると藤次郎の心は安らぎ、暮らしに張りが出来た。

「さあ、日本橋の呉服屋に行くかい」

藤次郎の誘いを、

「着物なら間に合っていますから」

お清は遠慮した。

「おまえは遠慮深いね」

藤次郎はお清を抱き寄せた。

夕暮れ近くになり帰宅すると、奉公人からお房が母屋の居間で待っていると告げられた。

「また、おこごとかね」

冗談めかして藤次郎は母屋に向かった。

藤次郎が居間に入るなり、

「お清、達者だったかい。着物を買ってやったのかい」

早速文句を言った。

その相手にはならず、

「話って何だい」

と、本題に入った。

お房は厳しい目をして告げた。

「おまいさんのお給金だけどね、来月から半分にするよ」

「なんだって……そ、そんな」

藤次郎は絶句した。

「台所事情が楽じゃないんだ。おまいさん、給金を貰わなくたって暮らしに困らないだろう。着る物だって食べ物だって不自由はないじゃないか。半分でも十分過ぎるよ」

　有無を言わせない口調でお房は言い添えた。

「そりゃそうだけど……」

　藤次郎は口ごもった。

「お清に我慢させるんだね」

　お房は冷笑を浮かべた。

「帳簿を見せておくれ……お店の売上は落ちていないし、大きな出費もないよ。奉公人を増やしてもいない。なのに、台所が苦しいというのはどういうことだい」

　帳簿を見せてくれ、と藤次郎は繰り返した。

「あたしを信用できないっていうのかい」

　お房はそっぽを向いた。

「そうじゃないよ。帳簿を調べて、やり繰りを算段したいんだ」

　すがるように藤次郎は頼み込んだ。

「今だけの話じゃないんだよ。将来に備えなきゃいけないじゃないのさ。火事に備えて土蔵を建て直そうと思っているし、焼け出されてから商いを再開するまでの蓄えだって要るんだ。今が大丈夫でも商いというものは二年先、三年先、いや、十年先を見越してやるもんだっておとっつあんが言っていたよ。おまいさんだって、教わったじゃないか」

もっともらしい理屈を並べ立てたが話の趣旨がずれている。藤次郎の給金を半分にするのは目下の台所事情の悪化だと説明していたのに、将来の備えにすり替え、挙句には先代の威を借る始末だ。

要するに藤次郎への嫌がらせである。

何を言っても無駄だと藤次郎は口を閉ざした。すると追い討ちをかけるようにお房は告げた。

「もう、決めたんだよ。番頭さんも了承済みさ」

番頭の治平(じへい)は先代から奉公する古株である。今年還暦を迎えたのを機に暖簾(のれん)分けをされる。来月の暖簾分けを前に、お房の意向に反対することはあるまい。

「じゃあね」

話を切り上げ、お房は立ち上がった。

藤次郎は苦虫を嚙(か)み潰(つぶ)したような顔をして、居間を出ると店を覗(のぞ)いた。既に暖簾が取り込まれ、客はいない。手代や奉公人が反物や小袖、半襟の整頓や店内の掃除をしている。

帳場机で算盤を使っていた治平がこちらを見た。

「番頭さん」

藤次郎は治平を呼んだ。

治平は黙って腰を上げると藤次郎の側にやって来た。藤次郎は治平と居間に入った。

治平は藤次郎が小僧として奉公していた頃には手代の筆頭として店頭に立ち、藤次郎に商いのあれこれを仕込んでくれた。

藤次郎がお房の婿養子になる話が浮上した際には、率先して賛成してくれた。更に近江屋の主となってからは、番頭として支えてくれている。

真面目で誠実、無駄口を叩くことなく、いつも穏やかな表情で年下の藤次郎を、「旦那さま」と立ててくれてもいる。

「参りましたよ」

日頃から藤次郎は治平への遠慮から丁寧な言葉遣いをする。治平はどうしたのですか、と目で問うてきた。

「お給金です」

藤次郎は悩まし気に首を左右に振った。

「申し訳ございません。手前がしっかりとしておりましたら、旦那さまにご負担をかけることなどないのですが」

治平は白髪頭を下げた。目元に皺を刻み、老齢は隠せないものの肌艶は良く、口調もしっかりしている。自分の店が持てることが励みになっているようだ。

「番頭さんのせいじゃありませんよ。実際、近江屋は繁盛しています。憚りながら、あたしだって懸命に奉公して毎月新しいお出入り先を獲得していますよ。売上は増えているし、出費も抑えているんです」

つい、治平に当たるような口調になってしまった。

「承知しております。近江屋の身代は旦那さまが跡を継いでから随分と大きくなりました。奉公人も増えました。店も大きくなり、表通りに構えられるようになったんです」

治平は藤次郎の功績を言い立てた。

「もちろん、あたし一人の功じゃありませんよ。番頭さんを始め、奉公人のみんなが一生懸命に働いてくれるからこその発展なんですよ。それなのに、お房はあたしはともかく、奉公人のお給金も下げようって考えているんだから、実に困ったものですよ」

藤次郎は渋面となった。

お房は奉公人の給金を下げるとは言っていない。確かめてはいないが、そんな気はないだろう。近江屋は繁盛している。いくらお房がけちでも、奉公人のやる気を削ぐような真似はするまい。

お房が藤次郎の給金を半減するのは、店の経営とは関係なく、単なる嫌がらせに過ぎないのだ。それを承知で奉公人の給金まで下げると言ったのは、治平にお房に対する不満を抱かせたいのだ。

「奉公人のお給金を下げるのですか……」

治平の顔色が変わった。

狙い通りである。

「知らなかったのですか。お房は、番頭さんは了承済みと言っていましたけど……」

藤次郎は首を傾げた。

「知りません……聞いていません」

治平はかぶりを振った。

奉公人の中には自分も含まれる、と治平は思っただろう。しかも、番頭という立場上、最も給金を削られると受け止めたに違いない。

「あたしに力があれば、そんなことはさせないんですけどね……」

すまない、と藤次郎は頭を下げた。

「旦那さま、手前と一緒に女将さんのところに行ってください。手前から女将さんに給金を下げないように頼みます。奉公人のやる気に関わりますから……ひょっとしたら、近江屋を辞めて他の呉服屋に奉公する者も現れるかもしれません。そうなったら、お客さまも他店に持っていかれるでしょう。目先の給金の為に商いを誤ってはいけないのです。そのことがわからない女将さんではないと存じます」

無駄口を叩かない治平が饒舌に語った。やはり、暖簾分けへの悪影響を憂慮しているのだろう。

興奮気味の治平を宥めるように、

「今はやめた方がいいですよ。お房は頭に血が昇っていますから。番頭さんに意見されれば理屈ではわかりながら却って意固地になると思います。そうなったら、番頭さんとお房にしこりが残りますからね。明日以降、お房が落ち着いた頃合いを見計らって話しに行きましょう」

藤次郎は静かに返した。

「女将さん、どうなさったのです」

上目遣いに治平は問いかけた。

「お清のことなんですよ」

お清の名前を出すと治平の目が彷徨った。

やはり治平か。

お清を囲っているのをお房に告げ口をしたのは治平に違いない。

「お清といいますと、半年前まで女中奉公していた娘ですか」

治平は惚けた。

そうです、と答えてから、

「実はね、お清と深い仲になってしまったんですよ」

うつむき加減になって藤次郎は打ち明けた。

「へえ」

治平は両目を見開いた。

「それで、神田明神の近くで家を借りてやっているんです。それをお房に感づかれてしまったんです。それで、お房はかんかんでしてね……」

藤次郎が肩をそびやかすと、

「それは……何と言ったらいいのか」

治平は戸惑いを示した。

「あたしのせいでみんなのお給金が減らされるんじゃ、申し訳ないではすまされませんね」

藤次郎の言葉に治平の顔はどす黒く膨らんだ。

「このところ、お房との仲は悪くなる一方だったんですよ。そこへきてお清のことがばれてしまって……そりゃ、もう顔を合わせれば喧嘩(けんか)ばかり……いや、一方的にお房があたしを罵る(ののし)ばかりです。とにかく、家にいるのが苦痛ですよ。身から出た錆かもしれませんがね」

藤次郎はうなだれた。

「旦那さまは懸命に近江屋に尽くしておいでなのですから、女将さん、もう少し労わってあげてもいいですよね。それにしましても、女将さんはそんなにも不機嫌ですか」

治平は眉間（みけん）に皺を刻み、困惑した。

「悪いなんてものじゃないんです。凄（すご）い剣幕で怒鳴り散らして……手を上げて、殺してやる、なんて怒声を上げて。あたしゃ、本当に殺されるかもしれませんよ」

藤次郎は冗談とも本気ともつかない物言いをした。

「まさか……」

治平は一笑に付そうとしたが藤次郎の憂鬱（ゆううつ）な様子を見ると言葉を飲み込んだ。

「いつか、番頭さん、言ってたでしょう。お房が好いた男にしたことを」

藤次郎の言葉を受け、

「ああ、そうでしたな」

何度もうなずき治平は言った。

かつてお房には惚（ほ）れた男がいた。店の増築にやって来た大工で、二枚目役者顔負けの男前であった。

お房は男と所帯を持ちたい、と両親に訴えた。しかし、両親は大工では呉服の商いはできない、と承知しなかった。

お房は泣きながらどうしても一緒になると駄々をこねた。

ところが、大工はお房とは別の娘とも良い仲になっていた。男前だけあってモテたのだ。それで、所帯を持つのを諦めるかと両親がほっとしたのも束の間、お房は激情に駆られ包丁で大工を襲った。

大工は太股を刺されて重傷を負ったものの、幸いにして命に別状はなかった。このことは店では伏せられ、治平が事の収拾に当たった。南町奉行所の同心に頼んで相手の大工の棟梁と話し合い、慰謝料百両で落着させた。

そうしたお房の激情ぶりをよく知っているだけに、治平は危ぶんだ目になった。

「番頭さんから聞いたその話を思い出して、あたしは気が気ではないんですよ」

藤次郎が心配を深めると、

「旦那さまは近江屋の大黒柱ですよ。いくら女将さんの気性が激しいと言ったたって、旦那さまのお命を奪うなんてことはなさらないと思いますよ」

治平は励ますようだ。

「そうだといいんですがね……あたしゃ、近頃、まじめに考えているんですよ。この店から出て行こうってね……だって、命あってのものだねですからね」

ため息混じりに藤次郎は首を左右に振った。

「それはやめてください。みんなが困りますよ。旦那さまあっての近江屋なんですから」

語調を強め、治平は言い立てた。

「そんなことはないですよ。近江屋の看板と暖簾があれば……番頭さんや奉公人のみんなで近江屋を守っていけます」

冷めた口調で藤次郎は言った。

「近江屋を出てお清と暮らすのですか」

治平の口調は厳しくなった。

「そうなったらいいんですがね、あたしが近江屋の主でなくなったら、お清はあたしと一緒になんかなってくれませんよ。お清程の器量良しなら、男に不自由はしません。なにも、近江屋を追い出されたうらぶれた男と添い遂げることなんかありませんし、そんな気はさらさらないでしょう。あたしは、遊び慣れしていませんし、惚れた女はお清だけの無粋者ですが、その辺のことはよくわかっているつもりです」

淡々と藤次郎は述べ立てた。

それには治平は言葉を返せないでいるが、心中では同様のことを考えているだろう。

お清については触れず、

「旦那さま、どうか思い留まってください」

治平は頭を下げた。

「そうですね……あたしも近江屋を投げ出すのは無責任だとは思っています。とにかく、お房と不仲になったのは自分が蒔(ま)いた種です。自分の責任で何とかしますよ」

気持ちを新たにしたように藤次郎は告げ、話を切り上げた。


居間に入り、食事をした。

箱膳には飯と刻み葱(ねぎ)だけの味噌汁、小松菜の煮物という質素なものであった。お房は女房のお義理のように、それだけの食事を用意すると出て行こうとした。

「もう一つ、おかずがあるとありがたいね」

独り言のように藤次郎は言った。

お房は振り返り、

「言ったでしょう。台所は大変なんです。こういう所から節約しないでどうするの」

と、訳知り顔で返した。

「しかし、これじゃ、力が入らないな」

藤次郎はぼやいた。

「どうせ、お清の家で御馳走を食べているんでしょう。鰻、天麩羅、鯛のお頭付き……うちじゃ、質素な食事で十分じゃないの」

「それにしてもね……」

ため息を漏らした。

「おや、どうしたんだい。おまいさん、これまで食事について文句なんか言ったことないじゃないか。質素な献立でも満足していたじゃないか。腹が膨れればいいっていうのがおまいさんだよ。それが、料理がどうのこうのなんて……やっぱり、お清と高い料理屋に行って、舌が肥えてしまったんだろう。まったく、男というのは、金を持ったらろくなことをしないもんだよ」

憎々し気にお房は言い募った。

「あたしが美味い物を食べたらいけないのかい」

むっとして藤次郎は言い返した。

「生意気、言うんじゃないわよ！」

お房は両目を吊り上げた。

「亭主に向かってその言葉はないだろう！」

藤次郎も言葉を荒らげた。

「誰のお陰で近江屋の主になれたのよ。小僧上がりが……そっちこそ言葉を慎みなさい。身の程を知りなさい！」

語る内にお房は激昂（げっこう）し、金切り声になった。

「もういい……おまえ、湯屋に行くんだろう」

藤次郎は横を向いた。

「ふん」

お房は部屋を出た。

藤次郎は懐中から紙包みを取り出し、慎重な手つきで味噌汁に入れた。

そっと一口啜（すす）り上げる。

「ううっ」

呻き声を漏らし、味噌汁の入った椀を落とし、次いで畳をのたうち回った。

亭主の異変に気づいたお房が戻って来た。

「おまいさん……」

お房は唖然となった。

「い、医者を……」

必死の形相で藤次郎は訴えかけた。

二

「亭主に毒を盛ったたって怖い女ですね」

寅蔵は怖気を震った。

「寅だって女房に毒を盛られるかもしれんぞ」

早瀬菊之丞はからかうように返した。

「そんなことはありっこない……と信じたいですよ」

つい、寅蔵は微妙な言い回しとなった。

如月六日の昼、南町奉行所定町廻り同心、早瀬菊之丞は神田白壁町の自身番から毒殺未遂事件が起きた連絡を受けた。

呉服屋近江屋の主藤次郎が女房のお房から毒を盛られたが、医者の治療で命を取り留めたというのだ。

近江屋に着くと雨戸が閉じられ、本日休業の貼り紙がしてある。その横に初老の男が立っていて菊之丞と寅蔵に番頭の治平です、と声をかけてきた。

治平の案内で店の裏手にある母屋の居間に向かった。沈痛な表情で治平が言うにはお房は神妙な態度でお役人さまの取り調べを待っているそうだ。

菊之丞は寅蔵と居間に入った。

お房と思しき女がうなだれていた。二人に気づくと、怯えるような目で菊之丞を見上げた。

話を聞く前に、

「あたしじゃありません」

かすれた声でお房は言い立てた。

襟元が乱れている。呉服屋の女将には似つかわしくない着こなしに加え、髪がほつれ、両目は充血し、紅が落ちた面相はお房の憔悴ぶりを物語っていた。

「そうだな。あんたが毒を盛ったんじゃないよ」

菊之丞は明瞭な声音で断じた。

話をする前から自分の言い分を信じてくれたのが意外だったのか、お房は口を半開きにした。が、それは束の間のことで、強張った表情を緩め、

「ありがとうございます。お役人さま、よくぞ、信じてくださいました」

声を弾ませた。

ところが、

「安心するのは早いぞ。状況はあんたが下手人だと示しているからな」

またも思いがけない言葉を菊之丞が発するに及び、お房は困惑した。

「ですが……お役人さまはあたしを信じてくださったのですよね」

「黙って座ればぴたりと当たる、水野南北先生直伝の観相の見立てによると、あんたの顔には悪相が表れていない。だから、あんたが亭主に毒を盛ったんじゃない、とお

れは得心した。だがな、奉行所というのは頭の固い連中の集まりだ。奴らは高尚な観相なんぞ、わかりゃしない。それでも、そうした連中を納得させなきゃいけないんだ。それには、あんたが亭主を毒殺しようとしたんじゃないってことを証拠立てて説明しなきゃいけないんだよ。面倒だが、それがおれの仕事だ」

菊之丞は寅蔵に、「なあ」と声をかけた。

「ええ、まあ。つまり、女将さんが毒を盛ったんじゃないってことを明らかにしなきゃいけないってことですよ」

と、説明を加えてからお房に菊之丞を紹介し、自分も名乗った。

「馬鹿、おれが言ったことのまんまじゃないか」

菊之丞はくさした。

当惑しながらも、

「では、どうすればいいんですかね」

お房は問いかけた。

「まずは、話を聞かせてくれ。亭主が毒を飲んだ前後の様子だ」

菊之丞が返すと、

「どんな些細(ささい)な事でも構いませんよ。思い出せる限りの事を話してください」

寅蔵が言い添えた。

お房はしっかりうなずいた。

「あたしは、いつも通り、亭主の夕餉(ゆうげ)を調(ととの)えて出したんです。もちろん、毒なんか入れていません。それで、亭主はいつも通り食べ始めました。そうしましたら、急に苦しみ出して口から血を吐いたんです」

思い出し思い出し、お房は語った。

「それじゃあ、さっぱりわからないな」

菊之丞が文句をつけると、

「ですが、それだけなんです」

お房は言い張った。

「まず、夕餉を出したのは何時だ」

菊之丞は問いかけた。

「暮れ六つを少し過ぎてです」

「献立は」

「お味噌汁と……」

　ここで菊之丞は話を遮り、

「具は何だ」

と、訊いた。

「ええっと、刻み葱……です」

「刻み葱と何だ」

「葱だけです」

　お房はうつむいた。

「葱だけか、そりゃ寂しいな。豆腐とか油揚げとかは入れなかったのか」

「はい……」

　お房の声はか細く消え入りそうになった。

「いつもか」

「大抵は……」

「亭主は満足しているのか」

「は、はい……と、思います」

お房の声が更に萎む。

「味噌汁の他は」

「小松菜の煮物を出しました」

「小松菜はおれも好きだ」

余計なことを言ってから、

「他には」

「それだけです」

伏し目がちにお房は答えた。菊之丞は肩をすくめ、

「味噌汁と小松菜だけか。一汁一菜、これだけの大店の亭主にしては質素な食膳だな。朝餉でも他に鰯の一尾くらい付きそうだ。藤次郎は、日頃から質素な食事を心がけていたのか」

「ええ、まあ……」

「ま、いいや。それで、夕餉を出してから、あんたはどうしたんだ」

「湯屋へ行こうとしました」

「一緒に食事はしなかったのか」

お房は首を左右に振った。

「いつもか」

「はい……」

「給仕したりはしないのか」

「亭主は一人で食べるのが好きでしたので……あたしは、その……遠慮しておりました。おそらく、商いについて一人で考えたいのではないか……と」

いかにも奥歯に物が挟まったような言い方をお房はした。その時、菊之丞は寅蔵から藤次郎の治療に当たった近所の医師、緒方安斎の報告書を受け取った。ざっと、目を通してから、

「毒は石見銀山、味噌汁に入っていたそうだ」

と、お房に語りかけた。

石見銀山とは猫いらずとも称するヒ素である。お房は黙って聞くのみだ。

菊之丞は続けた。

「ところが、台所にあった味噌汁入りの鍋からは毒は見つからなかった。藤次郎が飲んだ味噌汁の椀にしか石見銀山は入っていなかったんだ……あんたが居間から出てか

ら亭主が味噌汁を飲んだのは、そんなに時は置いていなかったはずだ。味噌汁は熱い内に啜りたいからな。おれなら、まず味噌汁に箸（はし）を付ける。藤次郎も同じかどうかは知らんが、早めに飲むだろう」

菊之丞が指摘すると、

「違いありませんや、味噌汁は熱くなくっちゃね。でも、あっしは猫舌だから冷ましてから飲みますがね」

寅蔵が余計な言葉を言い添えた。

黙っているお房に、

「あんたが部屋から出た時、居間には藤次郎しかいなかった。それとも、誰か入って来たかい」

菊之丞が質（ただ）すと、

「いいえ、誰も出入りしていません」

明確な口調でお房は答えた。

「台所から居間で箱膳を運ぶ間、誰かとすれ違ったか」

菊之丞は問を重ねる。

「そんな人、いませんでした」

　これもお房はきっぱりと否定した。

　菊之丞は苦笑し、

「となると、益々、あんたが怪しくなるな。というか、あんたの証言だと、あんた以外、藤次郎が飲んだ味噌汁に毒を入れた者はいないってことになる」

　淡々と菊之丞が説明すると、

「そりゃないですよ、早瀬さまはあたしを信じるとおっしゃったじゃありませんか」

　恨みがましい顔つきとなってお房は言い立てた。

「だから、あんたの話を疑っていないじゃないか。あんたの言う話を信じたら、あんた以外、毒を盛った者はいないってことになるんだよ。これじゃ、観相の見立てと違うんだ」

　だから、おれも困った、と菊之丞は嘆いた。

　お房は両手で顔を覆い、肩を震わせた。

　寅蔵が、

「からくりがあるんじゃありませんかね。下手人は何らかのからくりを使ったんですよ」

思い付きを口に出した。

「どんなからくりだ」

菊之丞は問いかけた。

「そうですね……」

腕を組んで思案した後、天井を見上げてから目を輝かせた。

嫌な予感がし、

「いいよ、余計なこと言うな」

菊之丞は制した。

「まあ、聞いてくださいよ」

寅蔵が抗(あらが)うと、再び菊之丞は拒否しようとしたが、

「お聞かせください」

藁(わら)にもすがりたいのだろう。お房が頼んだ。それをいいことに寅蔵は自分の推量を
語った。

「天井ですよ」

指で天井を指してから寅蔵は、

「節穴から糸を垂らすんです。垂らした先は味噌汁の入った椀ですよ。毒は糸を伝って味噌汁に混入されるって寸法です」

得意そうに寅蔵は推量を語ったが、

「藤次郎は忍者から恨まれていたのか」

菊之丞は鼻で笑い、お房に確かめた。

「いいえ、忍者なんて」

きょとんとなってお房は首を左右に振った。

「忍者とは限りませんよ。こうすれば、女将さんに気づかれることなく味噌汁に毒を入れられるってことですよ」

「馬鹿、天井からそんな妙な物が垂らされたら、誰だって不審に思うだろう」

菊之丞が指摘すると、

「それが、気がつかなかったんじゃありませんかね」

寅蔵は諦められないようだ。

「目の前に糸が垂れてきたら誰だって気づくさ。ましてや、口に入れようとする味噌汁に向かって垂れ下がったら、不審がって取り除くよ。まったく、寅の浅知恵には呆れ返るぜ」

遠慮会釈なく菊之丞は寅蔵をけなした。

「すんません。なら、どうやって下手人は毒を盛ったんでしょうね」

改めて寅蔵は疑問を呈した。

するとと緒方安斎がやって来て、

「藤次郎さん、ずいぶんと回復しましたぞ」

と、報告した。

「よかったな」

菊之丞はお房に声をかけた。

「そうですね」

お房は気のない返事をした。

藤次郎への愛情が希薄なのか自分の嫌疑が晴れない不安の為なのかはわからない。

三

　菊之丞と寅蔵は寝間に入った。

　藤次郎は眠っていた。緒方がしばらく寝かせておくべきだと言った為、二人は黙って寝間に座った。

「危なかったですな。実際、紙一重と言ったところでしょう。もう少し味噌汁を飲んでいたら、今頃はあの世ですな」

　緒方は言った。

「運が良いお方なんですよ」

　訳知り顔で寅蔵はうなずいた。

　緒方が、

「大体、味噌汁というものは熱くて最初の一口はふうふう吹きながら少量を口に含むものですな。それが幸いしたのかもしれませんぞ」

と、推測した。

「なるほど、じゃあ、あっしなんかも猫舌だから、助かったんですね。いやあ、猫舌でよかった」

寅蔵は一人で合点した。

「おまえは、幸せ者だな」

呆れ顔で菊之丞は笑った。

「どうします」

寅蔵に問われ、

「藤次郎の話は後回しにしよう」

菊之丞が決めると、

「じゃあ、番頭の話を聞きますか」

寅蔵は言った。


店で番頭の治平と話した。

治平は異様な程に怯えている。

「あんた、この店に奉公して何年になるんだ」

菊之丞は質した。

「小僧の頃から数えますと、かれこれ四十五年ですね。先代の旦那さまの頃からです」

真面目な面持ちで治平は答えた。

「じゃあ、この店の隅から隅まで知り尽くしているってわけだな」

菊之丞に指摘され、

「おおよそのことは……」

短く治平は答えた。

「お房と藤次郎のこともよく知っているな」

「長いお付き合いでございます」

「藤次郎は婿養子だな。先代の主人、つまり、お房の父親に見込まれたくらいだから、商い上手ということか」

「それはもう、大変な商い上手です。近江屋が表通りに店を構えられるようになったのも旦那さまが新しいお得意さまを沢山獲得してくださったからです」

淀みなく治平は述べ立てた。

「で、夫婦仲はどうだ。仲睦まじい夫婦かい」

菊之丞は疑わしそうに眉根を寄せた。

巨顔に圧せられたように治平は身を仰け反らせ、

「さて、夫婦仲のことまでは、手前にはよくわかりません」

曖昧に言葉を濁した。

「そんなことはないだろう。あんただって感づいていたはずだ。ありゃ、夫婦仲は良いとは言えないよ。亭主の飯の献立のひどさ、給仕もしない女房だ」

菊之丞が言うと、

「仲睦まじいとは申せませんでしたな」

本音を吐露するように治平は返した。

「あんた、お房が藤次郎に毒を盛ったと思うかい」

ずばり、菊之丞は治平の本音に斬り込んだ。

「そんなことは……信じられません」

治平は慌てて否定した。

額に皺が深くなり、脂汗が滲んだ。

「そうかな。あんたはわかっているはずだ。嘘はよくないよ。嘘と言ったら酷か。それなら、言い直す。お房への遠慮はいらないぜ」

菊之丞は半身を乗り出した。

巻き羽織に包まれた巨体が治平を威圧した。

「わかりました」

心を決めたようで治平は居住まいを正してから証言をした。

「女将さんが旦那さまに毒を盛ったのかもしれない、と手前は思います」

それを聞いて、

「へ〜え、そうかい」

寅蔵は驚きの声を上げた。

「その訳は」

努めて冷静な口ぶりで菊之丞は問い質した。

「旦那さまは怯えておられました。女将さんに殺されるんじゃないかと」

治平は目をぱちくりとしばたたかせた。

「どうしてだ」

静かに菊之丞は問を重ねる。

「旦那さまが外に女を囲ったからです。その女というのは近江屋に奉公していた女中なんです。そのことが、女将さんの憎悪を膨らませていました」

はっきりと治平は証言した。

「婿養子の亭主がよりにもよって店の女中と深い仲になって妾にしたっていうことがお房には許せないんだな。なるほど、藤次郎を憎むのはわかる。しかし、それで殺すというのはどうだろう。おれは得心がゆかないな」

菊之丞の疑問に寅蔵もうなずいた。

「それが……早瀬さまは南の御奉行所の同心さまでございますな」

「そうだが」

「では、ご存じですかね。七年程前のことなんですが」

「七年前……おれは上方にいたな。水野南北先生の下で観相修業をしていた頃だ。その時分の奉行所のことはわからないな」

菊之丞が返すと、

「赤坂源次郎さまにお世話になったんですが」

治平は言ったが菊之丞は赤坂を知らない。代わって寅蔵が二年前に隠居なさいました、と言い添えた。

「それで……」

菊之丞は話を促す。

治平はお房が起こした大工への傷害の一件を話した。

「ふ〜ん、なるほどね。赤坂さん、仲介料で儲けたってわけか」

菊之丞の勘繰りに、

「いえ、何も赤坂さまのことを申しておるのではなくて」

治平が赤坂を気遣うと、

「わかっているよ。お房は頭に血が昇ると、自分を抑えられなくなるって、ことを言いたいんだろ」

菊之丞は言った。

「そういうことです」

安堵（あんど）の表情を治平は浮かべた。

「こりゃ、お房の仕業ですよ。間違いないんじゃありませんかね」

いつものように寅蔵は早々に結論付けた。

菊之丞が顔をしかめ、

「そう決めつけるな。七年前は、熱を上げた男に騙されてお房は頭に血が昇ったんだ。今回は藤次郎の浮気に激昂したが、藤次郎への愛情はとっくに冷めている。浮気への怒りはかき立てられただろうが、殺すまでの挙に出るもんかな。しかも、真っ先に疑われるのは自分だぞ」

菊之丞の疑問に、

「それくらい、見境がなくなってしまうんですよ。お房って女は」

またも寅蔵は賢しら顔で決めつけた。

菊之丞は相手にせず視線を治平に向けた。

「確かに娘盛りとは違って女将さんも落ち着いてはいらっしゃいます。お店も旦那さまや手前ども任せにはしないでご自分も関わっておられます」

微妙な言い回しを治平はした。

「はっきり言えば、財布の紐や金庫の鍵はしっかり握っているってことか」

「そういうことです」

治平は不満そうに横を向いた。

「いい給金を貰ってはいないようだな。お房はケチなのか」

抜け抜けと菊之丞は問を重ねる。

「手前や奉公人の給金を下げるお考えのようです。奉公人ばかりか旦那さまのお給金などは半分に減らされるとか」

治平はため息を吐いた。

「藤次郎も給金を貰っていたのか、あ、そうか。財布の紐を握られているんだものな。主人といっても店の金を自由にはできないってことだな」

「そういうことです。それは、浮気に気づかれてしまって給金を半分に……」

治平は口ごもった。

「そうか……となると、お房は益々、藤次郎を毒殺しようとしたとは思えんな」

菊之丞は腕を組んだ。

「どうしてですよ」

不満そうに寅蔵は問いかけた。

「それだけ、店の勘定に注意を向けているんだ。女将として近江屋を営みたくなったんだよ。それにな、藤次郎の給金を半分にしたということや、飯の献立を見れば、藤次郎を殺してしまえば、近江屋の商いにはよくない。殺すんじゃなくていびり倒す方を選ぶんじゃないか。ねちねちとな。藤次郎には懸命に働かせて、近江屋を儲けさせる。それを自分が頂戴する、そんな実利を求めるんじゃないか」

菊之丞の考えを聞き、

「嫌な女ですね。鬼だ」

寅蔵は嘆いた。

菊之丞は薄笑いを浮かべた。

「だから、お房が毒を盛ったというのは怪しいってもんだな」

「なるほど、そうかもしれませんね」

例によって寅蔵は他人の意見に左右されやすいことを示した。

「まったく、おまえには感心するよ」

菊之丞は言った。

すると、

「御免ください」

と、声がかかった。

「旦那さま、いけませんよ」

治平が気遣ったように藤次郎がやって来た。

四

藤次郎はよろめきながら菊之丞の前に座った。寝間着から地味な紺地無紋の小袖に着替えているのは、呉服屋の主人としての礼儀と心得ているようだ。

そんな藤次郎を治平は心配そうな目で見ている。

蒼（あお）ざめた顔で藤次郎は言った。

「怖くなりました……」

お房への恐怖心で藤次郎は身体を震わせた。

「話ができるかい。毒を盛られた時の様子を思い出すことになるが、しっかりと証言できるんだな」

菊之丞が確かめると藤次郎はうなずいてから語り始めた。

いつものようにお房は箱膳を置いて、早々に出て行った。藤次郎は普段通り一人で食事を始めた。

「味噌汁を飲んだ時です。急に苦しくなりました。ああ、毒を盛られたんだって思いました。あとはとにかく苦しくて」

「誰に毒を盛られたと思ったんだ」

菊之丞は目を凝らした。

「……」

答え辛そうに藤次郎は口をもごもごとさせた。

「誰だい」

菊之丞は問を重ねた。

「旦那さま……」

治平も促した。

藤次郎は腹を括ったように表情を引き締め、

「お房です」

と、答えた。

「訳は」

菊之丞はあくまで落ち着いている。

「お房が食事を用意したからそう思いました」

「毒を盛る機会はお房が最もあったとしても、女房に毒殺されると思ったのはそれなりの事情があるだろう」

菊之丞は踏み込む。

再び藤次郎が躊躇(ためら)いを示すと、

「洗いざらい申し上げた方がいいですよ」

治平は励ますように言い添えた。

藤次郎は菊之丞に向き直り、

「あたしが浮気をしたことへの意趣返しをしたんだと思ったのです」

女中だったお清と深い仲になり、神田明神近くに囲っているのをお房に感づかれた経緯を語った。

「浮気をしたあたしが悪いに決まっているんですが、だからって殺されるのは……あたしは、小僧の頃から近江屋に世話になって、婿養子にして貰ったんです。だから、先代の旦那さまには恩を感じていますし、番頭さんを始め奉公人のみんなには感謝しています。だから、あたしなりに一生懸命働いてきました。自分で言うのはおこがましいですが、近江屋の発展に貢献したと自負しています。しかし、お房はあたしをいつまでも近江屋の奉公人としか見てくれません。近江屋の主という奉公人です。お房は奉公人に裏切られた思いを抱いていたのでしょう」

堰(せき)を切ったように藤次郎は鬱屈(うっくつ)した不満を語った。

「こりゃ、お房の仕業(しわざ)に間違いありませんよ」

寅蔵が言った。

それを無視して、

「食事の間、あんたとお房以外、居間にはいなかったんだな」

菊之丞は念押しをした。

「おりませんでした」

はっきりと藤次郎は答えた。

またも寅蔵がお房に間違いない、と言おうとしたのを菊之丞は睨(にら)んで黙らせた。寅蔵は大人しく口を閉ざす。

「わかった、休んでいいぞ」

　菊之丞に勧められ、藤次郎は居間から出ていった。

「旦那さまに毒を盛ったとなりますと、女将さんの罪はどれくらいになるのでしょう」

　治平がおずおずと訊いた。

「さあな。罪を決めるのはおれじゃなくて、与力殿だからな」

　菊之丞は顎を掻いた。

「まさか、死罪ということはありませんよね」

　治平は問いかけてから、「恐ろしい」と言い添えた。お房が赤子の頃から知っている治平だけに、いくら何でも死罪は耐えられないのだろう。

「幸い、藤次郎は命を取り留めたのだし、藤次郎にも浮気という負い目があるしな、重くて遠島、お上の情けで追放刑か。少なくとも、近江屋の女将ではいられないだろう」

　菊之丞の推量に、

「そうですな」

治平も納得した。

「お房が女将であり続けて欲しいのか」

菊之丞が確かめると、

「いえ、そうは思いません。女将さんは商いには向いておりません。三年くらい前までは、お店に出てお客さまのお相手をなさっていたのですが、はっきり申して評判は良くありませんでした」

お房は愛想一つ使うことなく、客が買うか買わないか迷っていると苛立ちを示したそうだ。

お房の評判が近江屋の商いに悪影響を及ぼすのを危ぶんだ藤次郎は治平に、店に出ないように言い含めるよう頼んだ。

「手前も旦那さまの気持ちがわかっておりました。婿養子の身では遠慮があって、面と向かって女将さんへの苦言はできないものです」

損な役割と自覚しつつも、番頭としての職務だと思って治平はお房に、

「女将さんは、帳場を預かってください」

それまでは治平が店の金勘定全般を扱っていたのだが、それをお房に任せた。お房

の顔を立てた形となった。

以後、お房は店には出ず、奥に引っ込んで帳面仕事を担うようになったのだ。

「藤次郎を助けてやるのは商い熱心さ、優秀な商人だからかい」

菊之丞は治平の心の奥底に踏み込んだ。

「小僧の頃から仕事熱心、それに、手前になついてくれていました。倅（せがれ）のいない手前には息子のような気がして……」

治平は涙ぐんだ。

治平の藤次郎への愛情がわかる。

「藤次郎は……あ、いえ、旦那さまは寸暇を惜しんで仕事をなさっています」

治平は繰り返した。

「じゃあ、お清を囲ったのはどうなんだ」

わざと菊之丞は意地悪な問いかけをした。

治平の目が尖（とが）った。

「どうした」

菊之丞は問を重ねる。

「あれは、裏切られた思いです」

治平は言った。

「真面目一方の男が妾を囲っていたことで裏切られた気持ちになったんだな」

「もちろん、旦那さまは近江屋の主、将来には町役人にもなれる立場です。かつての藤次郎とは違うのです。ですから、妾の一人や二人、囲っていてもおかしくはないのです。それはわかっていますが……手前勝手な思いですが、藤次郎はあくまで真面目に額に汗して働く、脇目も振らず、商いに勤しむ商人であって欲しかったんです」

治平は言った。

すると寅蔵が、

「でも、いくら真人間だって、息抜きは必要だと思いますぜ。神仏じゃないんですからね、女に惚れることもあれば、その女と深い仲になりたいとも思うだろうしね」

「それはそうだと思います。ですから、手前勝手だと申したんです」

自覚していながらも、治平は藤次郎に理想の商人を期待したのだった。

「藤次郎さんは、粗末な食事で満足していなさいますね」

寅蔵は毒を盛られた夕餉の献立を話した。

「そうなんですよ。小僧の食事に毛の生えたようなものです。しかも、のんびりと食べてはいないんですよ」

治平はここぞとばかりに半身を乗り出した。

「早食いってわけかい」

菊之丞が言った。

「猫飯というやつで、できるだけ早く食事を済ませようと、ご飯に味噌汁をかけてさらさらとかき込むのが常です。とても味わってなどしておりませんな。もっとも、主になってそんな食べ方をする必要なんかないんですが、小僧の頃からそんな食事をしてきたので、今でも早食いになってしまう、なんて笑っていましたがね」

感慨深そうに治平は言った。

「お房は気遣ったりはしないのか」

菊之丞が問いかける。

「気遣うどころか、嫌がっておいでです。みっともない、下品だって。だから、食事を同じ席でしたくはない、ということになったんですよ」

「なるほどね、こちとら、どんな具合に飯を食おうが、女房は何にも言わないですよ。

といらか気にしていないんですがね」

　頭を掻きながら寅蔵は苦笑した。

「そろそろ、ゆっくり料理というものを味わってもらいたいですよ」

　治平は言った。

「よくわかった。お清の所在を教えてくれ」

　菊之丞の頼みに治平は素直に答えた。

五

「毒を盛った奴がわかったぜ」

　菊之丞は言った。

「お房じゃないんですか」

「違うな」

「じゃあ、誰ですか。まさか、治平……」

「治平は母屋にいなかった。毒を盛ったのは藤次郎だよ」

「ええ、そりゃどういう意味ですよ」

寅蔵は驚きの顔で見返した。

「おれの話を聞いていなかったのか。味噌汁に毒を入れたのは藤次郎だって言っているんだ」

「いや、言葉の意味はわかりますがね、それじゃ、自死しようとしたっていうんですか」

寅蔵は首を捻ってから、

「そうか、藤次郎は自害しようとしたんだ。意地の悪い女房の尻に敷かれて暮らすのに耐えられなくなったんですね。それで、毒入りの味噌汁を飲んだ……という訳ですね」

いつもの一人合点で寅蔵なりに毒を盛ったのは藤次郎だと納得した。

「いや、自害しようとして毒入りの味噌汁を飲んだんじゃないぜ」

菊之丞が否定すると、

「では、どうして毒入りの味噌汁なんか飲んだんですよ」

むきになって寅蔵は問い返した。

「お房に毒殺の疑いをかけさせる為だろうさ」

　菊之丞はにやりとした。

「そりゃ、勘繰り過ぎですぜ。まかり間違ったら死んじまうんですよ。いや、まかり間違ったら死なずに済む、っていうくらいの毒ですよ」

　語る内に寅蔵は混乱した。

「だから、一口しか口に含まなかったんだ。治平が言っただろう。普段の藤次郎は味噌汁を飯にかけてかっ込むんだ。だが、昨日に限ってそうせず、一口飲んだだけだ。毒入りの味噌汁だってわかっていたからだ。飯と一緒に茶漬けのように咽喉に流し込んだら、あの世に逝ってしまうからな」

「ですがね、たとえ少量でも石見銀山を飲めば無事って保証はありませんよ。藤次郎は一か八かでそんなことをしでかしたんですかね」

「その辺のところはからくりがあるんだ」

「からくりっていいますと、毒消しの薬を飲んだってことですか」

「そうかもしれんが……」

　菊之丞が思案を始めると、医師の緒方安斎が出て来た。薬箱を持ち、緒方はこちら

に近づいて来て、

「藤次郎さんですがな、もう大丈夫ですぞ。数日安静にしておれば、平癒するでしょう。いやあ、運の良いご仁じゃ。もう一口味噌汁を飲んでおったら、今頃あの世じゃ。日頃の行いが良いのだろうな」

と、素直に患者の平癒を喜んだ。

菊之丞の推理を受け入れた寅蔵は複雑な顔つきとなった。

菊之丞が、

「先生、あの毒の毒消しの薬はあるのかい」

と、問いかけた。

「特効薬というものはないな」

緒方は即答した。

「飲む量を加減すれば死ぬ心配はないんだな」

菊之丞は問を重ねた。

「そうですな。しかし、石見銀山はごく少量でも死んでしまう猛毒ですぞ」

当惑して緒方は答えた。

「藤次郎は一命を取り留めた……運が良かっただけなのか」

悩ましそうに菊之丞は疑問を投げかけた。

続いて寅蔵が、

「藤次郎は胃の腑が丈夫なんじゃありませんか。何しろ、猫まんまのような食べ方を何十年も続けているんですからね。ろくに噛まずに飲み込むんだから、胃の腑は鍛えられていますよ」

いつもの思い付きで寅蔵は考えを述べ立てた。

「だからって猛毒に耐えられる胃の腑なんぞあるはずがないが……」

菊之丞は緒方を見た。

緒方は、

「鍛える方法はありますぞ」

思いもかけないことを言い出した。

菊之丞と寅蔵はおやっとなって緒方を見返した。

「毎日、ごくごく少量ずつ石見銀山を飲むのです。そうしますとな、毒に対する耐性が出来るんです」

「それじゃあ、そうやって石見銀山入りの味噌汁を飲めば大丈夫なのか」

菊之丞が確かめると、

「大丈夫とまでは言い切れませんな。ただ、飲みつけていない者よりは、助かる可能性が高い……早瀬さん、藤次郎を疑っておるのか」

半信半疑の目で緒方は問い直した。

「疑っているどころじゃない。確信しているさ。藤次郎は自分で味噌汁に毒を盛り、その罪をお房に着せようとしたんだ」

菊之丞は断じた。

「そんな……恐ろしいな。桑原、桑原じゃ。ともかく、わしは役目は果たしたからな。これで、失礼するぞ」

関わりを避けるように緒方はそそくさと立ち去った。

「藤次郎は石見銀山を隠し持っているんですかね」

寅蔵の問いかけに、

「おそらくは、自宅じゃないだろう。そんな危ない物、置いておけない。となると、お清の家だな」

菊之丞は答えた。

「なるほど」

寅蔵は納得した。


菊之丞と寅蔵は神田明神近くにあるお清の家にやって来た。

寅蔵が格子戸を叩くとお清らしき娘が出て来た。菊之丞と寅蔵を見て、お清は怪訝(けげん)な顔つきとなった。

「お清さんだね」

寅蔵が問いかけると、おっかなびっくりにうなずいた。

「近江屋の藤次郎さんについて聞きたいんだ」

寅蔵が言うと、

「旦那さまについてですか……はい……どんなことでしょう」

問い返してから、

「どうぞ、お入りください」

と、菊之丞と寅蔵を家に入れた。

菊之丞と寅蔵は居間に入った。

お清は身構えた。

寅蔵から藤次郎が毒入りの味噌汁を飲んであやうく命を落としそうになった経緯が語られた。

「まあ……旦那さまが……それで、旦那さまは大丈夫なのですか」

お清は驚愕しながらも藤次郎の身を案じた。

「お医者の話だと二、三日寝ていれば平癒するそうだよ」

安心させるように寅蔵は言った。

お清の顔に安堵が広がった。

菊之丞が、

「ここ数日、藤次郎に変わったところはなかったか」

「いいえ、特には」

「平常だったんだな」

「いつもと変わりません」

「ここで食事はしたか」

「滅多には……女将さんがお作りになる食膳が食べられなくなるからって、旦那さまは気遣っていらっしゃるんです」

「じゃあ、ここでは一切、飲み食いはしなかったのか」

「お食事はなさいませんが、よくお茶とお菓子を召し上がります。いつもお菓子をお土産にしてくださるんです」

答えてからお清は小首を傾げた。

「お茶と菓子か。どんな」

「その日によって違います……昨日は人形焼きでした」

素直にお清は答えた。

「人形焼きとお茶だけかい。他には……たとえば、薬を服用しなかったか」

菊之丞は踏み込んだ問いかけをした。

「滋養のお薬をお飲みになりました。昨日だけではなく、この一月は欠かさずお飲みになっていますよ」

お清はちらりと棚を見た。

「どんな薬だ。見せてくれ」

菊之丞が頼むと、お清は立ち上がって棚から小さな壺（つぼ）を手に取って戻って来た。菊之丞は蓋（ふた）を開けた。

紙包みがいくつも入っていた。

「滋養がつくんだな」

菊之丞は念を押した。

お清は黙ってうなずく。

「あんたは飲んだことはないかい」

菊之丞が問いかける。

「わたしはないです。旦那さまから絶対に飲まないように言いつけられております」

「どうしてだ」

「女が飲むと身体の具合が悪くなるそうです」

「ふ〜ん、女には向かない薬か……よし、滋養がつくよう持って行ってやろう」

菊之丞は請け負った。

「お願いします」

素直にお清は感謝した。

「邪魔したな」

菊之丞は部屋を出た。寅蔵もついて来る。

「そらよ」

菊之丞は壺を寅蔵に持たせた。寅蔵はおっかなびっくり両手で受け取った。

六

近江屋に戻った。

店は閉じられている為、菊之丞と寅蔵は母屋に回った。

藤次郎が縁側の陽だまりに座っていた。菊之丞は寅蔵を木戸で待たせて中に入った。

藤次郎は菊之丞を見て居住まいを正した。

菊之丞は縁側に腰かけた。

「具合は良いようだな」

「お医者さまのお陰で……」

藤次郎の目には警戒の色が浮かんでいる。

「いやいや、おれは医者の手当ばかりじゃないと思うぜ」

菊之丞は藤次郎の目を見た。

悪党面に悪戯(いたずら)坊主が大人をからかった時の得意そうな笑みが浮かんだ。

「もちろん、運が良かったのだとも思っております」

辞を低くして藤次郎は言い添えた。

「運もあろうが、あんたの努力ってもんだよ」

「いいえ、あたしの努力なんぞ……第一、石見銀山のような猛毒は努力などしたって助かるものではございません」

丁寧な口調で藤次郎は否定した。

「そうでもないぞ、あんた、日頃、飯に味噌汁をかけてかき込むようにして食べるそうだな」

菊之丞の問いかけは意外だったようで藤次郎はぽかんとなったが、

「ええ、まあ。そういうことが多いですね。食事に時をかけておる余裕がありませんので……貧乏性と言うんでしょうか」

苦笑混じりに藤次郎は答えた。

「そんなあんたが、昨日の夕餉に限っては味噌汁を飯にかけずに食べた。いつものように、味噌汁をかけた飯をかき込んでいたら、とても助からなかっただろうな」

菊之丞はにんまりとした。

「それは、そうかもしれません」

藤次郎は口ごもった。

「どうして、昨日に限って味噌汁をかけずに食べたんだ」

菊之丞は問いかけた。

「それは、その、昨日は特に仕事が立て込んでいたわけではございませんので、ゆっくりと夕餉を食そうとしたんです」

しどろもどろとなりながらも藤次郎は答えた。

「飯っていうのはな、習慣というか癖というか、毎日の食べ方を変えられないものだよ。たとえば、おれなんかお行儀よく正座をして、お上品な箸使いでゆっくりと食べる、なんてことはできないさ。あぐらをかいて丼飯を食べる。くちゃくちゃと音を立てながらがつがつと貪るんだ。それが、お上品に食していたならまずくて仕方がない。

いや、まずいって言うより、食べられないな」

　菊之丞はがははははと笑い飛ばした。

「早瀬さまはあたしが味噌汁に石見銀山が入っているのを知っていたとお考えのようですね。石見銀山入りの味噌汁だから、一口しか箸をつけなかった、と」

　藤次郎は目を凝らした。

「違うのかい」

　菊之丞は静かに返した。

「たとえ一口でも毒入りの味噌汁を啜る気などするものでしょうか。実際、あたしはひどく苦しんだのです。決して芝居などではございません」

　険しい口調で藤次郎は言い立てた。

「だから、あんたは努力したんだよ」

　当然のように菊之丞は言った。

「どういうことでございますか」

　蒼ざめた顔で藤次郎は問い返した。

「寅、入れ」

菊之丞は寅蔵を呼んだ。

寅蔵が壺を抱えて入って来た。藤次郎の目が壺に吸い寄せられた。

「あんたがお清の家で飲んでいる滋養のつく薬だよ。この薬を飲んで胃の腑を丈夫にしたってわけだ」

けろりと菊之丞は言った。

藤次郎は目を伏せた。

「どうだ、今、飲んでみるかい」

菊之丞は寅蔵から壺を受け取り、蓋を開けた。

藤次郎は黙り込んだ。

「どうだ」

菊之丞は壺を藤次郎の前に持っていった。藤次郎はがばっと顔を上げ、壺の中をしばし見つめた後、無造作に手を入れた。

次いで、紙袋を掴(つか)むと掌(てのひら)に載せた。

三つの紙袋だ。

それを藤次郎は開けた。いくらなんでも、三つも一度に飲んでは無事ではすまない。

ましてや、石見銀山入りの味噌汁を飲んだ翌日なのだ。

「やめろ」

菊之丞が言った時、

「やめて！」

叫び声と共にお房がやって来て藤次郎の手を払い除けた。藤次郎の手から粉が舞い落ちた。

藤次郎は驚きの目でお房を見返した。

お房はばつが悪そうにそっぽを向いた。

「お房のお陰で命拾いをしたな」

菊之丞は言った。

半信半疑の様子で藤次郎はお房を見たが、

「す、すまない」

と、蚊の鳴くような声で頭を下げた。

「すまないっていうのは礼かい。それとも、毒を盛った下手人にしようとしたことへの謝罪かい」

菊之丞が問いかけた。

藤次郎は表情を強張らせ、

「両方です」

と、答えてからお房に向き、

「あたしはおまえに毒を盛られた芝居をした。おまえを陥れようとしたんだ」

と、今度は深々と頭を下げた。

お房は顔を歪めた。

藤次郎は菊之丞に、

「早瀬さま、お縄を受けます」

殊勝に申し出た。

寅蔵が帯に手挟んだ縄を取り出そうとしたのを菊之丞は制した。

「お縄にするもなにもどんな咎だい」

菊之丞は問いかけた。

「ですから、女房を毒婦にしようとしたっていう罪でございます」

きょとんとなって藤次郎は言い立てた。

「そんな罪、聞いたことがないな、寅は知っているか」

菊之丞に訊かれ、

「いえ……そりゃ、あっしも知りませんよ」

寅蔵も同意した。

「練達の十手持ち、薬研堀の寅蔵親分もご存じないんだ」

菊之丞は言った。

「ですが、あたしは毒を飲んだ振りを」

藤次郎は割り切れないようだ。

「毒じゃないんだろう。滋養がつく薬なんだろう」

「それでは、あまりにも……あたしの犯した罪は償わないと」

しどろもどろとなって藤次郎は言い立てた。

「お房、藤次郎をお縄にしてもらいたいか」

菊之丞はお房に問いかけた。

お房は力なく首を左右に振り、

「わたしもいけなかった……いえ、わたしがいけなかったんです。この人を亭主、近江屋の主と立てたことなんかなかったんですからね」

お房の目から涙が溢(あふ)れ出た。

「お房……」

藤次郎は声を上ずらせた。

「あとは、夫婦の問題だ。町奉行所は関わらないぞ」

菊之丞は諭すように語りかけた。菊之丞らしくない人情に溢れた態度であった。

寅蔵もうなずいた。

「お房、お清とは縁を切るよ」

心に決めたように藤次郎はきっぱりとした口調で告げた。

「ちょっと、待って」

お房は立ち上がって奥に引っ込んだ。

「身勝手ですね、あたしは」

藤次郎はお清と別れることへの反省の弁を述べ立てた。

すると寅蔵が、

「なに、お清は若いし別嬪(べっぴん)ですよ。この先、しっかりと暮らしてゆけますよ」

と、励ました。

菊之丞もうなずいたところで、お房が戻って来た。

「おまいさん、これ、お清に持っていっておくれな」

紫の袱紗包みを藤次郎の前に置いた。

開くと、紙に包んだ小判、いわゆる切り餅が四つある。一包みは二十五両である。

「百両かい……」

驚き顔で藤次郎は確かめた。

「近江屋の主人の手切れ金だよ。けちけちしたんじゃ、近江屋の名折れさ」

お房は満面の笑みを広げた。

笑顔のお房は憑き物が落ちたような柔和さをたたえていた。

菊之丞が、

「滋養の薬、どうする」

と、壺を指差した。

「捨てます。もう、必要ありませんから」

藤次郎は壺を両手で持った。

すると、

「おや……」

首を傾げると藤次郎は紙袋を数え始める。

「どうなさったんですか」

寅蔵が問うと、

「紙袋が一つ足りないような」

呟いてから、

「まさか、お清が飲んだのでしょうか……」

藤次郎は顔を引き攣らせた。

菊之丞はお清に異変はなかったと言ったが、

「これから飲むかもしれない」

危機感を漂わせた。

「おまいさん、すぐに見に行っておやり」

お房に勧められ、藤次郎はうなずくとしっかりと手切れ金を袖に入れて立ち上がった。

如月の十五日、菊之丞と寅蔵は町廻りをしていた。

あれから、藤次郎はお清を訪ねた。幸い、お清に異常はなく、滋養薬も取っていないと答えたそうだ。手切れ金を受け取り、円満の内に関係が解消された。

「近江屋、繁盛しているようですよ」

寅蔵が言った。

「藤次郎、益々、働いているのか」

菊之丞は返した。

「藤次郎の働きぶりも大したものなんですがね、奉公人たちの給金が上がったそうなんですよ。給金のない小僧たちには小遣いが与えられ、食膳のおかずが一品増えたそうです」

「お房も心を入れ替えたってわけだな」

菊之丞はうなずいた。

「それから、お清ですがね、あの家を引き払って若い男と所帯を持ったそうですよ」

「藤次郎と手切れとなった途端に別の男とくっついたのか」

菊之丞は笑った。

「藤次郎さんと別れてから若い男とくっついたのか、それとも藤次郎さんには内緒で良い仲だったのか……」

寅蔵はにんまりとした。

「そうか、そういうことか。女は怖いな。案外、お房のような嫉妬深いのが正直者で、お清のようなか弱そうな娘がしたたかなのかもな。いや、そう単純ではないか。人は見かけによらんな」

菊之丞が感想めいたことを話したところで緒方安斎がやって来た。

「いやあ、また、石見銀山を飲んだ者がおりましてな。幸い、少量でしたので命は助かったのですが」

若い飾り職人だそうだ。

「所帯を持ったばかりですからな、危うく若い後家ができるところでしたよ」

緒方の話を聞き、菊之丞と寅蔵は顔を見合わせた後、

「女房の名はお清じゃなかったか」

菊之丞が問うと、

「よく、ご存じですな。さすがは町方の同心さんだ」

感心して緒方は首肯(しゅこう)した。

緒方が立ち去ってから、

「お清は滋養薬と思って亭主に飲ませたんだろうさ」

菊之丞は言った。

「女は怖いですね。遠慮がちな女中が、贅沢も言わない娘だと思ったお清が囲われているの陰でしっかり男と出来ていたんですからね」

寅蔵は肩をそびやかした。

「まったくだな」

菊之丞も苦笑した。

間もなく桜の時節となる。春の深まりが菊之丞にはうれしくもあり、思いもかけない事件との遭遇を予感もさせた。

第三話　一炊(いっすい)の捕物

一

弥生(やよい)一日、江戸は桜が咲き誇り、春爛漫(らんまん)である。吹く風に温もりを感じ、霞(かすみ)がかった空に鳶(とび)が舞っている。

早瀬菊之丞は薬研の寅蔵が営む縄暖簾(なわのれん)、江戸富士(えどふじ)にやって来た。

江戸富士は薬研堀にあり、寅蔵の女房お仙(せん)が営んでいる。間口三間(けん)の二階家で二階は寅蔵夫婦の住まいだ。腰高障子には江戸富士の屋号と富士山の絵が描かれている。

昼前とあって店は空いていた。

お仙は丸顔で小太りの陽気な女である。

「うどん、くれ」

この店に来ると菊之丞は必ず頼む。

昆布風味の出汁（だし）、よく煮込まれた油揚げ、上方（かみがた）風のうどんが食べられるからだ。大坂で観相学の修業をしている間、菊之丞はすっかりうどん好きになった。江戸に戻ってからもうどんを食べ歩いたが、上方風の味には出会えなかったのだ。それが思いもかけず寅蔵の店で食することができ、町廻りの楽しみとなった。

添えられているのも七味ではなく一味だ。

お仙の父親は大坂の旅芸人だった。母親を十の時に亡くし、以来、お仙は親父と一緒に旅回りをした。一座の賄（まかない）を手伝っている内にうどんは得意料理になったのだった。

お仙が十八の時、父親は興行先の江戸で倒れ、そのまま息を引き取ったそうだ。父親の為に薬種の世話をしたのが寅蔵という縁で所帯を持ったのだそうだ。

「ちょいと、おまいさん」

お仙は寅蔵に語りかけた。

「なんだよ」

めんどうそうに寅蔵は返した。

「お陸さん、困っているんだよ」

お仙は訴えかけた。

「だから、夫婦の間柄についてはな、夫婦で何とかするんだよ。二人でどうにもならなかったら、大家に取りなしてもらえってんだ」

寅蔵は言い返した。

「だからさ、夫婦喧嘩じゃないんだって。何度言ったらわかるのよ」

お仙はむきになって言い返す。

寅蔵とお仙の夫婦喧嘩めいたやり取りを他所に黙々とうどんを食べ終えた菊之丞が、

「はげ寅、女房のいうことに耳を傾けろよ」

と、諭した。

「ですがね、くだらねえ夫婦のいさかいにまで口を突っ込んでいられませんよ」

寅蔵もむきになった。

「だから夫婦喧嘩じゃないんだって」

お仙も語調を強めた。

菊之丞はお仙の執拗さに只ならぬものを感じ、

「なんだ、話してみろよ」

と、黒文字を使いながら言った。

寅蔵は顔をしかめたが、お仙は勢い込んで話し出した。

米沢町一丁目の長屋に住むお陸という女房から亭主について相談を受けているそうだ。米沢町一丁目は両国西広小路、薬研堀からは目と鼻の先である。

亭主は重吉といって小間物の行商をやっている。毎日、こつこつと真面目に働き、やがては裏長屋で店を構えられるよう夫婦で頑張っているのだ。

「何とけなげな夫婦じゃないか。寅、そういう町人を袖にするとは、十手持ちの風上にも置けんぞ」

菊之丞は寅蔵をやり込めた。むっつりと黙り込んだ寅蔵に代わってお仙が言い添える。

「重吉さんは酒も博打もやらず、それはもう生真面目なんですよ。家にいる時は、掃除を手伝ったり、力仕事なんかも率先してやってくれるそうです。近所のみなさんにも愛想が良くって、出来た亭主だって評判なんですよ。店が忙しいって時にもお客と飲んだくれているどこかの亭主とは大違いですよ」

皮肉たっぷりに言われ寅蔵は嫌な顔をしながら、

「それで、お陸さんはそんなご立派な亭主の何を問題にしているんだよ」

やっと関心を向けた。

お仙は声の調子を落とし、

「重吉さんですけどね、お陸さんの知らない貌がありそうだとか」

十日前、お陸が両国西広小路を歩いていると小間物屋、三州屋の主人栄五郎から呼び止められた。三州屋は重吉の仕入れ先である。

栄五郎が言うには、重吉が仕入れに来る頻度が減ったのだそうだ。以前は二日に一度は顔を出したのに、この一月には五日に一度だという。

身体の具合が悪いのか、栄五郎は心配をしてくれたのだとか。

お陸は返事に窮し、曖昧に言葉を濁した。

重吉は体調を崩していないし、雨の日を除いて毎日、小間物の行商に出かけている。

では、小間物が売れなくて仕入れの頻度が減ったのかというとそうでもない。

「お陸さんが言うには、重吉さんは必ず帰ってからその日の稼ぎを渡してくれるそうなんですけどね、銭金は変わらないんですって」

お仙は説明を加えた。

対して、

「そりゃ、仕入れ先の小間物屋を増やしたんだよ。三州屋以外の小間物屋を見つけたんだ」

寅蔵は事もなげに言った。

しかし、

「お陸さんだって、そう思って重吉さんに確かめたそうだよ。そしたら、三州屋さんしか仕入れはしていないって答えたんだってさ」

お仙は返した。

ここで菊之丞が、

「稼ぎの額は変わらないのか」

と、確かめた。

「多少の多寡はあるけど、ほぼ変わらないそうですよ」

お仙が答えた。

「扱う小間物も違わないのか。つまり、品数は少なくても一個一個が高額の小間物を扱うようになったのではないのか」

菊之丞は踏み込んだ。

「それも違うようですよ。いつもと、同じ櫛(くし)や白粉(おしろい)だそうです」

お陸は重吉が担いでいる風呂敷包みの中味を覗(のぞ)いたのだそうだ。

「つまり、二日かけて稼いでいた小間物の商いが五日を要するようになった。それでも、稼ぎは変わらない、一体、亭主は何で稼いでいるんだって、お陸は心配なんだな」

菊之丞は話をまとめた。

「そうなんですよ」

お仙は同意した。

「じれってえな」

寅蔵は顔をしかめた。

次いで、

「亭主に確かめればいいじゃないか。何もくよくよ悩むことじゃないぞ」

「そりゃそうだけどさ、お陸さんにしてみたら、その辺のところに苦しい胸の内があるんだよ。わかってないね、おまいさんは。ほんと、女心がわからないがさつな男だよ」

ため息を吐きお仙はあげつらった。

寅蔵も機嫌が悪くなったが、

「わかったよ。それなら、こっちで確かめてやるよ」

と、請け負った。

「おまいさん、やめとくれよ。がさつなんだからさ。お陸さんと重吉さんの夫婦仲を壊すようなことはやめておくれな」

お仙は心配した。

「じゃあ、どうすりゃいいんだよ。こちとら、忙しいんだ。ねえ、旦那」

寅蔵は菊之丞に同意を求めた。

「暇だぞ」

にべもなく菊之丞は否定した。

寅蔵の顔が曇った。

するとと、

「ごめんください」

と、女がやって来た。

おどおどとした様子でこちらを見ている。お仙が小声で、「お陸さんだよ」と言ってから、

「お陸さん、丁度よかったわよ。今、ご亭主のことで早瀬の旦那とうちの人に相談をしていたの」

と、お陸を手招きした。

おずおずとお陸が側に座った。

歳の頃は二十四、五、色白で瓜実顔、悩みを抱えているせいか、眉間に憂鬱な影が差している。弁慶縞の小袖を身に着け、小間物の行商人の女房にもかかわらず、髪を飾るのは紅の玉簪のみ、化粧気もない地味な装いであった。

さすがに寅蔵はお陸に文句は言わなかった。お陸も押し黙っているとあって、重い空気が漂う。

菊之丞はお陸を見て、

「あんた、亭主のことで悩んでいるんだってな」

ずばりと、しかしながら気さくに声をかけた。相撲取りのような八丁堀同心が意外にも親しみやすい人柄だと感じたのか、お陸は重い口を開いた。

「そうなんです。なんだか、とっても怖くなってしまって」

お陸は身を震わせた。

「怖い……亭主がかい」

寅蔵は疑問を呈した。

再びお陸は口を閉じた。

「亭主と一緒になってどれくらいだ」

菊之丞が問いかけた。

「丁度、一年です」

お陸は答えた。

「なれそめは」

菊之丞は突っ込んだ。

お陸の頬がぽっと赤らんだ。それを見ただけでお陸の重吉への恋情の深さを窺わせる。

お陸はある大店に女中奉公をしていた。そこに出入りしていたのが重吉だった。重吉は大変に愛想がよく、尚且つ小間物に関して詳しかった。主の家族ばかりか、お陸たち女中にも分け隔てなく接してくれた。

商いゆえだろうが、お陸たちに無理強いすることはなく、適正な値でしかも素敵な小間物を披露し、提供してくれた。

その内、どちらからともなくやり取りをするようになって、やがて深い仲になって夫婦約束をしたのだった。

「重吉の身内は」

菊之丞は問を重ねる。

「うちの人は、身内を亡くして天涯孤独の身の上だってことで」

重吉との夫婦固めの宴はお陸の両親と姉、親戚ばかりが出席したのだそうだ。

「じゃあ、重吉の身内や友人知人はいないんだな」

「そうなんです。ですけど、そんなことは気になりませんでした」

お陸は言った。

惚れ合って所帯を持ったのだろう。

寅蔵が、

「お陸さん、重吉さんが何をしているのか、知りたいんだね」

「そうです……」

お陸の言葉尻が濁った。

「どうしたんだ。心配事や不満でもあるのかい」

寅蔵が問い質すと、

「はげ寅は女心がわからないんだな」

菊之丞が割り込んだ。

「どういうこってすよ」

心外だとばかりに寅蔵は言い返した。

菊之丞は冷笑を浮かべながら、

「お陸はな、亭主に惚れ込んでいるんだ。だから、どうしていいのかわからないんだよ」

と、お陸を見た。

お陸はうつむき、頬を赤らめた。

「と言いますと」

寅蔵にはまだ理解できないようだ。

菊之丞は渋面になり、

「お陸はな、重吉に自分が知らない一面があると気づいたんだ。そりゃそうだよ。重吉には身内や友はいないんだからな。いや、正確に言うといないんじゃなくて、お陸は重吉からいない、と言われ、それを信じてきたんだ。それが、今回、生真面目一方の重吉に得体の知れない秘密がありそうだと憶測できたんだ。だから、知りたくもあり知らずにおきたいという気持ちにもなっているんだ」

揺れ動く女心を菊之丞は推し量った。

「そんなもんですか。じゃあ、どうすりゃいいんだ」

寅蔵は途方に暮れたように腕を組んだ。

するとお陸は、

「勝手なことを言ってすみません。わたし、決めました。亭主が何をやっているのかお調べください」

　と、菊之丞と寅蔵に頭を下げた。

「調べた結果、重吉には嫌な面があり、尚且つ悪さをしている、とわかってもいいんだな。それを受け止める覚悟はできたんだな」

　菊之丞が確かめると、

「はい、よろしくお願いします」

　顔を上げ、お陸は毅然と答えた。

　お陸が帰ってから、

「亭主、浮気でもしているんじゃないですかね」

　いかにも寅蔵らしい安易な結論を下した。

「そうやってな、あらかじめこうだと決めつけて探索を行うもんじゃないぞ。寅の悪い癖だ」

　菊之丞はくさしたのだが、結論を下してからその裏付けのような探索を行うのは、むしろ菊之丞である。もっとも、菊之丞に言わせれば観相の見立ては寅蔵の勘とは違うのであるが。

「すんません」

不満顔で寅蔵は謝った。

「さて、なら、明日から重吉のことを調べるか」

菊之丞は言ったが、

「あっしが後をつけますよ」

どうせ、自分にやらせて何処(どこ)かで休んでいるのだろうと思いながら申し出ると、

「おれも行くよ。重吉がどんな男なのかこの目で見ないことには、真実は明らかにできんからな」

得意の観相の見立てができない、ということだろう。

「わかりました」

半ば迷惑だな、と不満を抱きながら寅蔵は受け入れた。目立つ容貌(ようぼう)の菊之丞は尾行には向かないのである。

お仙が、

「お陸さんの取りこし苦労で済めばいいいんだけどね」

と、心配した。

二

明くる二日、菊之丞と寅蔵はお陸が住む長屋にやって来た。門口近くの柳の木陰に身を寄せてお陸の家を見張る。

やがて、腰高障子が開き、男が出て来た。その後にお陸が続き、「行ってらっしゃい」と亭主を見送る。

重吉は風呂敷包みを背負い、小袖の裾（すそ）をはしょって帯に手挟（たばさ）んでいる。紺の股引（ももひき）を穿（は）き、どことなく優し気な顔つきだが、これと言った特徴はない。
雑踏の中にあっては見失いそうな平凡さだ。ただ、背負った風呂敷包みが目印となるだろう。

重吉はややうつむき加減に歩き出した。

菊之丞と寅蔵は間を取って後をつける。両国広小路に出る。江戸有数の盛り場だが早朝とあって、行き交う者は重吉同様の行商人や棒手振（ぼてふ）りである。

重吉は両国橋を渡り、深川方面へと向かった。

お陸によると重吉の得意先は深川だそうだ。ということは、小間物の行商を行うのだろう。

菊之丞は目を凝らしながらも悠然とした足取りである。寅蔵は重吉の足元を見ながら進む。

尾行の鉄則である。

相手の足を見ていれば、振り返られた時、視線が合わない。動揺することはないのだ。

重吉は深川の佐賀町（さがちょう）に到ると長屋に入って行った。

路地に入るとにこやかな顔で周囲に声をかける。

女房たちからも声がかかる。井戸端で洗濯をしていた彼女たちも愛想良く重吉を迎える。黙々と歩いていた男とは別人のような愛想の良さで女房たちに接した。

重吉は、

「みなさん、大家さんのお宅に居りますから、どうぞ、ご覧になってください」

と、路地を戻ると門の脇にある大家の家に入った。

「重さん、ご苦労さんだね」

大家にも好意的に迎えられた。腰高障子を半分程開け放したままだ。

重吉は礼を言い、大家の家に上がり込むと、風呂敷包みを開いた。

簪や櫛、白粉の他に錦絵もあった。

やがて、女房たちがやって来た。

みな、目を輝かせながら小間物に見入った。

「どれでもお好きなものをお買い上げになったら、錦絵を差し上げますんでね」

明るい口調で重吉は語りかけた。

女房たちから喜びの声が上がる。

それから、銘々思い思いに小間物を手に取る。

一人が、

「これ、あたしには派手かしら」

と、紅の玉簪を手に取った。

重吉は、

「どれ、髪に挿してみては」

と、勧める。

女房は簪を髪に挿した。それから、恥ずかしそうに重吉を見る。

「こりゃ、お似合いですよ。旦那さん、惚れ直すこと間違いなしです」

歯が浮いたようなお世辞を言った。

菊之丞は顔をしかめ、小さく舌打ちをした。

「派手過ぎるよ」

寅蔵も顔をしかめた。

重吉は真顔で手鏡を差し出し、

「ね、お似合いでしょう」

と、女房に同意を求めた。

女房は手鏡に映る自分を見て首を傾げていた。

「お梅(うめ)さんには派手なんじゃないの」

女房の一人が感想を述べ立てる。

「でも、これくらいの方がいいわよ。若い気分になれるんだからね」

別の女房が言った。

「そうかい」

女房もその気になる。

その他にも重吉は女房一人一人に小間物を選んでゆき、

「では、今日はこの辺で失礼しますね」

と、この長屋での商いを終えた。

女房たちは買い上げた小間物と錦絵を手に大家の家から出て行った。

「いつもありがとうございます」

重吉は大家にいくばくかの銭を渡して大家の家を後にした。

「商い熱心だし、手慣れたもんですね」

寅蔵は重吉を褒めた。

「そうだな」

淡々と菊之丞は答えた。

重吉はもう一軒の長屋で商いをすると、船宿に入った。

「さては、逢引きですか」

寅蔵は目を凝らす。

菊之丞は無言だ。

重吉が玄関を入ると、女将と親し気に言葉を交わした。

何度も通っているようだ。

重吉は階段を上がった。やがて、二階の窓が開き、重吉が顔を出した。その顔には楽し気な笑みが浮かんでいる。

「やっぱり逢引きですよ。女を待っているんだ」

寅蔵は言った。

「当たり前過ぎるな」

つまらなさそうに菊之丞は言った。

「そうそう、面白いことはないですよ」

寅蔵が返すと、

「今回はな、面白いことが隠されているはずなんだよ」

当然のように菊之丞は言った。

「そうですかね」

反発するように寅蔵は返した。

それから再び待つ。

しかし、重吉が待つ女はやって来ない。じりじりと半時が過ぎたところで、

「こりゃ、重吉の奴、ふられたんじゃないですかね」

焦れたように寅蔵は路傍の小石を蹴飛ばした。

「入ってみるか」

菊之丞は寅蔵を見返す。

「そうですね。女と一緒だったら、お邪魔でしょうがね。野郎一人だったら構わないですよ」

寅蔵は船宿の暖簾を潜った。

菊之丞も大股で続く。

玄関に入ったところで女将がやって来て、

「あら……」

と、八丁堀同心と岡っ引を見て警戒を示した。

「二階に小間物の行商人がいるね」

寅蔵が確かめると、

「ええ、重吉さんですね」

女将はあっさりと認めた。

「ちょいと、聞きたいことがあるんだ。上がらしてもらいますよ」

女将から返事がある前に寅蔵は上がった。菊之丞も続く。

「あの……重吉さんは」

女将が語りかけたが菊之丞と寅蔵は聞き流して階段を上がった。

廊下を挟んで左右に二部屋ずつある。窓を開けたのは右手前の部屋だろう、と寅蔵は見当をつけて、

「御免よ」

と、閉じられた襖（ふすま）越しに声をかけた。

しかし、返事はない。

「すまねえが、話があるんだ」

寅蔵は襖を何度か叩（たた）いた。

それでも、無言である。

「入るぜ！」

業を煮やし、寅蔵は勢いよく襖を両手で開いた。

「ああ」

寅蔵は素っ頓狂な声を漏らした。部屋は無人だった。

三

「野郎、何処へ行きやがった……厠か」

独り言を言いながら寅蔵は部屋に足を踏み入れた。

菊之丞は残る三部屋に向かった。乱暴に襖を叩いて回り、

「火事だ！」

と、大声で叫び立てた。奥左の部屋から男女が慌てて出て来た。帯を結ぶ暇もなく着物の前をはだけている。男の顔を確かめたが重吉ではなかった。

「すまん。冗談だ。さあ、続きを楽しみな」

菊之丞はがははは、と笑い飛ばした。二人は文句を言いたそうだったが、菊之丞が

八丁堀同心らしいのと相撲取りのような巨軀に恐れを成し、すごすごと部屋に戻った。

残る二部屋からは物音がしないが、念の為に菊之丞は襖を開けて誰もいないのを確かめた。

そこへ、女将がやって来た。

「一体、何の騒ぎですか」

迷惑そうに女将は問いかけてきた。

菊之丞は重吉がいるはずの部屋に入った。寅蔵が重吉の風呂敷包みを持っている。

「重吉、何処へ行ったんだ」

菊之丞が女将を質した。

「何処へというのはわかりませんよ」

女将は微妙な言い回しをした。

「妙なことを言うな……要するに重吉はこの船宿から出て行ったんだな」

菊之丞が確かめると、

「でも、出て来ませんでしたよ」

寅蔵が返すと、

「裏口から出ていったんだよ」

言ってから菊之丞は女将に確認した。女将は、「そうです」と短く答えた。

菊之丞は詰問口調で問いかけた。

「重吉、一体、何をやっているんだ」

「物乞いですよ」

女将の答えは意外を通り越して意味不明であった。

その為、

「物乞いって……物乞いのことかい」

寅蔵はとんちんかんな問いかけをする始末であった。

「どういうことだ」

菊之丞は問を重ねた。

「そんなこと知りませんよ」

いかにも無関係だ、と女将は言い張ってから、

「重吉さん、どうしてかはおっしゃらないんですけどね、うちに来て粗末な着物、そ

れから鬘と付け髭で物乞いに変装して出て行かれるんですよ」

うれしそうですよ、と女将は言い添えた。

「物乞いを楽しんでおるのか」

菊之丞は首を捻った。

「そうみたいですよ。だって、帰って来たら、とっても楽しそうなんですもの」

答えた女将も楽し気だ。

「毎日か」

「最初の頃は五日に一度くらいでしたが、このところ三日に上げずですね」

「何時からだ」

「その日によって違いますけど、大体昼九つ頃から夕方近くまでですね」

女将が言うには物乞いの扮装は船宿に置いてあるのだとか。

「夕方まで待ちますか」

寅蔵は言った。

菊之丞は同意しかけたが、

「いや、それだと重吉は物乞いをしている理由を誤魔化すかもしれない。真の狙いを突き止めるには重吉が物乞いをしている様子を見るに限る」

と、異を唱えると、

「違いありませんね」

即座に寅蔵は前言を翻した。

「あの……重吉さん、何か悪さをしているんですか」

女将は声を潜めた。

「そいつを確かめようとしているんだ。だから、このことは重吉には口外しちゃあ、いけないぜ」

菊之丞は釘（くぎ）を刺した。

女将は何度も首を縦に振った。


明くる三日、菊之丞と寅蔵は再び船宿にやって来た。玄関前の柳の陰に潜んでいると、昼九つを過ぎたところで重吉が船宿に入った。

それを見定めてから菊之丞と寅蔵は裏口に回った。船着き場があり、桟橋に舟がもやってあった。天水桶（てんすいおけ）の陰に二人は隠れ、重吉を待つ。

やがて、物乞いに扮した重吉が裏口から出て来た。

ぼろ雑巾のような着物。肩まで伸びたざんばら髪、顔を覆う付け髭、重吉を知る者でも市中ですれ違っただけではわからないだろう。もっとも、物乞いの顔をまともに見る者などはいないだろうが。

重吉は筵を丸めて左脇に抱え、醤油で煮染めたような手拭で頬被りをすると歩き出した。ご丁寧にも裸足である。


重吉は歩きぶりも行商人の時とは別人である。背中を丸め、覚束ない足取りで道の端を、世を憚るように歩いている。

重吉は両国橋を渡り、両国東広小路の雑踏に身を入れた。と言っても人の群れを避けるようなのは変わらない。

盛り場を右に折れ、深川方面に向かった。大川に沿ってとぼとぼ歩いて行く。春光が降り注ぎ、大川の水面はきらきらとした輝きを放っていた。荷船や屋形船、猪牙舟が行き交っている。

堤は墨堤の桜並木目当ての男女で溢れている。墨堤は本所の北にある為、重吉とは逆方向だ。物乞いの形（なり）のせいで重吉は避けられているが、寅蔵は何人もぶつかったり、ぶつかりそうになった。

菊之丞は肩で風を切って真ん中を悠然と歩く。相撲取りのような巨体の八丁堀同心を重吉同様、誰もが避けてゆく。

重吉は小名木（おなぎ）川、仙台堀を渡り、左に折れた。仙台堀に沿って進み、深川万年町（まんねんちょう）一丁目に到ると寺の山門で立ち止まった。陽興寺（ようこうじ）という臨済宗の寺院である。桜の時節であるが、参拝者はまばらだ。取り立てて見どころがなく、周辺には富岡八幡宮（とみおかはちまんぐう）や永代寺（えいたいじ）などの著名な寺社が甍（いらか）を競っているのも影響しているだろう。

つまり、地味な禅寺である。

重吉は山門の前で筵を敷いて座り込む。懐中から碗を取り出すと目の前に置いた。物乞いらしく縁が欠けた瀬戸物だ。

うつむいたまま重吉は物乞いを続けた。

「何をやっているんですかね」

寅蔵は呟（つぶや）くように問いかけた。

「見りゃわかるだろう。物乞いじゃないか」

当然のように菊之丞は答えた。

「そりゃそうですけど……何の為に物乞いの真似事なんかやっているんでしょうね」

寅蔵は言い直した。

「それを見定めるんじゃないか」

菊之丞は言った。

人通りが少なく、重吉に施しを与える者は稀であった。施されるたび、重吉は恭しく頭を下げた。

菊之丞は命じた。

「寅、恵んでやれ」

「わかりました」

寅蔵は右手を差し出した。

「馬鹿、おまえが物乞いをしてどうする」

菊之丞は寅蔵の右手を撥ね除けた。寅蔵は肩をすくめ、重吉の方へ歩いて行った。

碗に視線を落とすと銅銭ばかりであった。ざっと見たところ、八文である。

寅蔵は二文を碗の中に入れた。

「おありがとうございます」

蚊の鳴くようなか細い声で重吉は礼を述べ立てた。

「ずっとここで物乞いをしているのかい」

寅蔵が問いかけると重吉は無言でうなずき返した。

「もっと、人通りの多いところでやればいいじゃないか」

余計なお節介だと思ったがついそんな助言めいた言葉をかけてしまった。

「へえ」

重吉はぼそぼそと返したが、はっきりとは答えなかった。

寅蔵は菊之丞の所に戻った。

「無口になりやがって……小間物の行商とは別人ですよ」

寅蔵は重吉にもっと人気(ひとけ)のある所で物乞いをしたらどうだと言ったことを伝えた。

「別に儲(もう)けようとしているんじゃないんだろうさ」

菊之丞は素っ気(そっけ)なく返した。

「じゃあ、何で物乞いなんかやっているんですかね」

寅蔵は首を捻った。

「少なくとも銭儲けの為じゃないのは確かだな」

淡々と菊之丞は推量を述べ立てた。

「おかしな男ですね」

理解できないと寅蔵は盛んに首を捻った。

「何を考えているのか」

菊之丞は独り言のように呟いた。

次いで、

「よし、そろそろ確かめるか」

菊之丞は大股で重吉に近づいた。不意に巨軀の菊之丞が現れ、重吉は驚いて仰け反った。

「重吉だな」

菊之丞は声をかけた。

「ええ……」

重吉は口をあんぐりとさせた。

「両国の米沢町一丁目に住む、小間物の行商人の重吉だな」

菊之丞は繰り返した。

「は、はい」

重吉は背筋を伸ばした。

「重吉さん、ちゃんとした生業(なりわい)に就いているっていうのに、何で物乞いなんかやっているんですか」

寅蔵が問いかけた。

「それは……すみません」

重吉は米搗き飛蝗(こめつきばった)のように何度も頭を下げた。

「責めているんじゃないよ。悪事に加担している訳じゃないんだろう。物乞いをしている理由を知りたいだけなんだ」

威圧しないよう菊之丞は柔和な表情を浮かべた。

「は、はい……その、あたしは……その……す、すみません」

思いもかけず八丁堀同心に問責され、重吉はしどろもどろとなった。

「落ち着け、話せない事情ではあるまい」

菊之丞は理解を示すような口調となった。

「ええ、まあ」

重吉は頭の中を整理するかのように、しばらく口の中でぶつぶつ言ってから語り始めた。

「実は物乞いをしないかと誘われたんです」

「誰にだ」

菊之丞は問い直した。

「葭町(よしちょう)にある口入屋で大筒屋(おおづつや)さんです」

口入屋とは大店や武家屋敷に奉公人を斡旋(あっせん)する所である。

「こりゃ驚いた、物乞いを斡旋する口入屋があるのですかい。もっとも、妾(めかけ)を斡旋する口入屋もあるご時世だからな」

寅蔵は菊之丞を見た。

「詳しく聞かせてくれ。口入屋はあくまで斡旋だ。主がいるだろう」

菊之丞は話の続きを促した。

「雇い主はさるお武家さまとしか聞かされていないのです」

真顔で重吉は答えた。

「雇われているということは、雇い主から給金が支払われるのだろう。雇い主がわからないでは貰いようがあるまい」

　菊之丞が疑問を呈すると、

「そりゃそうだ」

と、寅蔵も首を縦に振った。

「給金は晦日になったら大筒屋さんに受け取りに行くんです」

「なるほどね」

　あっさりと寅蔵は納得した。

「すると、さる武家が雇う物乞いはあんただけじゃないんだな」

　菊之丞が確かめると、

「そうだと思います。あたしはここで物乞いをするように大筒屋さんから言われました」

「ふ〜ん」

　こりゃ、妙だと寅蔵は繰り返した。

「他にもさる武家に雇われた物乞いたちがいるんだな」

菊之丞は念押しをした。

「いると思いますよ。お互い、顔を合わせてはいませんが……」

「給金はどれくらいだ」

「月に三両です。但し、月十日以上は物乞いをする必要があるんですがね」

重吉が答えたところで、

「でも、月に十日出なくてもしらばっくれてりゃ、三両貰えるんですかい」

寅蔵が問うと、

「それが、見張られているって大筒屋さんに言われまして」

「見張っているのはさる武家の家来だな」

菊之丞が言うと寅蔵はきょろきょろと周囲を見回した。

しかし、それらしい人影はない。

「最初は見張りの目を気にして物乞いをしていたんですが、不思議なもので、やっている内に見張りの目が気にならなくなりました。つまり、物乞いを楽しむようになったんです」

重吉は言った。

「そんなもんかね」

寅蔵は首を傾げた。

「物乞いに憧れてはいなかったんですがね、まるで自分とは違う人生を歩んでいるようで、それが面白くて……」

重吉は言った。

寅蔵が、

「でもね、お陸さんは心配をしていますよ。それはもうね」

寅蔵はお陸が出入りの小間物屋の主人から仕入れの日が減ったことを聞き、一体亭主は何をしているんだ、と気をもんでいる経緯を話した。

「そうだったんですか……」

重吉は口をつぐんだ。

「ちゃんと事情を自分の口から説明してあげたらどうですか」

寅蔵は勧めた。

「はい……わかりました。お陸に包み隠さず話します」

重吉は声を励ました。

菊之丞が、

「物乞いは楽しむもんじゃないさ。楽しめるのはちゃんとした職や夫婦の暮らしがあるからだぞ。もし、正真正銘の物乞いになってしまったら、とっても楽しむなんてゆとりはできないな。一日、十文じゃ、食っていけないさ」

「あたしは、どうも身勝手な思い違いをしていたようですよ」

重吉は言った。

「旦那、偶にはいいこと言いますね」

思わず寅蔵は菊之丞を褒め称えた。

「偶にか」

菊之丞は苦笑した。

「いえいえ、常日頃からでした」

ぺこりと寅蔵は頭を下げた。

「ま、ともかく、これ以上、町方の同心としちゃあ、あんたら夫婦関係には立ち入らないからな。ただ、お陸にはよく説明してあんたの行いをわかってもらった方がいいぜ。その上で物乞いをやりたければやればいい」

諭すように菊之丞は言い添えた。

「そうさせてもらいます」

重吉は頭を下げた。

「安心したよ。お陸さんもきっと安心するさ。大事にしてやりなさいよ。ほんとに、重吉さんに惚れているんですからね」

寅蔵もお陸を気遣った。

「なら、これでな」

菊之丞は立ち去った。

寅蔵も挨拶をしてから続く。重吉は筵を丸め、物乞いを切り上げた。

「妙な職があるもんですね」

事の真相が明らかになり寅蔵は安堵の表情だ。

「妙過ぎるな」

菊之丞はいぶかしんだ。

「物乞いを雇うお武家さまって何者でしょうね。きっと、よからぬ考えがあるんじゃないですかね」

寅蔵も疑い始めた。

「そうに決まっているさ」

菊之丞は断じた。

「じゃあ、大筒屋にいきましょうか」

寅蔵が言うと、

「そうだな」

菊之丞は受け入れた。

四

弥生四日の昼下がり、菊之丞は寅蔵と葭町にある口入屋、大筒屋にやって来た。店先には職を求める者たちが詰めかけている。

店内は土間が広がり、湯屋の番台のような高く盛り上がった台があり、そこで若い男が奉公先を読み上げて希望者を募っていた。また、湯屋と同じく壁にはお尋ね者の人相書が貼ってあった。

寅蔵は手代に主に取次ぐように頼んだ。

すぐに店の奥から小柄な中年男がやって来た。菊之丞を八丁堀同心だと見て、

「こりゃ、旦那、お疲れさまです」

と、にこやかに挨拶をし、甚五郎だと名乗った。

寅蔵が、

「御用の筋ってわけじゃないんだがな、ちょいと確かめたいことがあるんだ」

「手前でわかることでしたら何なりと……」

甚五郎はあくまで柔和な表情のまま返した。

「物乞いを雇っていらっしゃるお武家さまがいらっしゃるだろう」

寅蔵は本題に入った。

甚五郎の表情が引き締まった。

「いらっしゃるだろう」

寅蔵は繰り返した。

「え、ええ、まあ」

曖昧に甚五郎の言葉尻がすぼまってゆく。

「どういうお方なんですかね」

目を凝らし、寅蔵は問いかけた。

「それは……」

甚五郎の額に脂汗が滲(にじ)んだ。

「答え辛(づら)そうだな」

菊之丞が声をかけた。

「まあ、その」

甚五郎は口ごもった。

「どなたさまだ。ここだけの話だよ。何も悪事に絡んでいるって勘繰っているわけじゃないよ」

わずかに声を大きくして寅蔵は強調した。

「そうですか……そうですな、実はお武家さまはよくわからないのですよ」

答えてから、

「あ、いえ、惚(とぼ)けているんじゃありませんよ。本当に存じ上げないんです」

と、言い添えた。

「何者かわからないのによく職の斡旋などできるものだな」

皮肉を込めて菊之丞が疑問を呈した。

「お使いのお侍さまと交渉をしておるのです。銭もそのお方から受け取っております。本当です」

両目を見開き甚五郎は本当です、と繰り返した。

それでも、寅蔵は疑わし気な目で甚五郎を見続けた。甚五郎の額から汗が滲む。

「本当にお武家の名をしらないいんですか。どうも、信じられませんがね」

寅蔵は首を捻った。

「信じてください」

蚊の鳴くような声になり、甚五郎は菊之丞に視線を向けた。助けを求めているかのようだ。

いや、違う。

甚五郎の視線はわずかに菊之丞からそれている。菊之丞が背後を振り返ると侍が立っていた。

侍は甚五郎に声をかけようとしたが、菊之丞と寅蔵を見て立ち去ろうとした。すか

さず、菊之丞は追いかけ、

「ちょっと、待ってくれ」

と、声をかけた。

侍は立ち止まった。

「奉公人の募集かい」

菊之丞は問いかけた。

「そ、そんなところでござる」

侍はうつむき加減に答えた。

「どちらの武家屋敷だ」

「そんなことは答える必要はない」

むっとして侍は言い返した。

それを聞き流し、

「おれは南町の早瀬だ。ちょっと、頼みがあるんだ」

菊之丞は言った。

侍は五尺そこそこ、六尺近い菊之丞を見上げるようだ。

「……頼みとは。町方の同心殿から頼まれるような覚えはないが」

「覚えがなくて当然だよ。たった今、あんたを見て思いついたんだからな」

人を食ったように菊之丞は言い立てた。

すっかり、侍は困惑している。

「あんた、名前は」

菊之丞は畳み込んだ。

「拙者、藤崎数右衛門と申す」

「どちらの御家中だ」

「それを答える前に貴殿の用向きを聞きたい」

もっともなことを藤崎は返した。

すると菊之丞は、

「おい、寅」

と、呼びかけた。

寅蔵はやって来た。

菊之丞は、

「こいつ、おれが手札を与えている岡っ引なんだがな、十手稼業に嫌気が差しているんだ」

と、寅蔵の肩に手を置いた。

「ええ……」

そんなことありませんよ、と寅蔵は否定しようとしたが菊之丞に睨まれ、話を合わせた。

「まあ、あっしも歳なんでね」

寅蔵は頭を掻いた。

藤崎は、

「それで」

と、話の続きを促した。

「かと言って、食わなきゃいけないからな。それで、何処かで楽な奉公はないか、と口入屋にやって来たんだ。しかしな、世の中、そんなに楽な仕事はないんだ。こいつは怠け者だからな……武家屋敷の奉公だって苦労があるんだぞ」

もっともらしい言葉を菊之丞は並べた。

「武家屋敷に奉公を望んでいるのか」

藤崎は寅蔵に問いかけた。

「ええ、それだといいんですがね」

寅蔵の答えを引き取って、

「あんた、奉公人の募集にやって来たんだろう」

菊之丞が藤崎に確かめた。

「まあ……」

曖昧だが藤崎は認めた。

「ならば、こいつを雇ってくれよ」

菊之丞が頼むと、

「お願いします」

寅蔵は腰を折った。

「いや、拙者の独断では決められぬゆえ、後日、改めて……」

藤崎は去ろうとした。

「どこの武家屋敷だ」

菊之丞が問を重ねた。

「それは改めて」

やはり、藤崎は答えようとしない。

「いいじゃないか。教えてくれよ。何なら、屋敷に行かせるよ。おれが同道してもいいぜ」

菊之丞は食い下がった。

「そうですな」

藤崎は口ごもった。

「言えないって訳じゃないだろう。それとも、表沙汰(おもてざた)にできない怪しい仕事をやらせようというのかい」

更に菊之丞は迫る。

巨体の菊之丞に迫られ、藤崎はたじろいだ。

「そんなことはござらぬ」

「なら、いいじゃないか」

「上役と相談致す！」

突っぱねるように藤崎は言い張った。

「おかしいな。あんた、奉公人の雇い入れを任されたんじゃないのかい」

菊之丞が指摘すると、

「あっし、懸命に働きますんで」

ここぞと寅蔵は言い立てた。

「わ、わかった。名前と住まいを教えてくれ。必ず連絡する」

最早（もはや）、藤崎は懇願するような答えぶりだ。

寅蔵は菊之丞を見た。

菊之丞は教えてやれというようにうなずく。

「ええっと」

寅蔵は名乗り、住まいを教えた。

「承知した」

連絡すると約束をして藤崎はそそくさと立ち去った。菊之丞は寅蔵に目配せをした。

寅蔵は藤崎の後を追った。

　菊之丞は甚五郎の側まで歩いた。

「藤崎という侍が物乞いを募集しているんだな」

　菊之丞が問いかけると、

「そうです」

　小さな声で認めた。

「誰に仕えているとは明かしておらんのか」

「さる御旗本としか……ですが、先程も申しましたように、藤崎さまがお金はきちんと支払ってくださいますので、商いに障りはないのでお引き受けしております。もちろん、法度に背くようなことはしておりません」

　甚五郎は胸を張った。

「勘違いするな。おれは何もおまえを咎めようとは思わん。藤崎に関するネタが欲しいんだよ」

「ほんと、詳しくは存じ上げないのです……ただ、何となく、お侍らしくない点を感じさせることもありました。いえ、その、悪い印象ではなく、とても気さくなところもあるのです。本当に」

うまく言えない、と甚五郎は言い添えた。藤崎に親しみを覚えているのは本当のようだ。

「もっとわかるように話してくれよ」

菊之丞は肩をそびやかした。

「威張っていないんです。武家奉公人を求められるお侍さまは、たいてい、おっかない方が多いんですけどね、藤崎さまはいつもにこやかで、物腰も武張ったところがなくて、お優しい方ですよ」

藤崎への称賛はそのまま菊之丞に対する皮肉に聞こえる。

「武士らしくないか」

菊之丞は首を捻った。

ふと、菊之丞は店内を見回した。

板壁に貼られた人相書に目をやる。南北町奉行所が追っている罪人たちだ。その中で、

「おや……」

菊之丞が知らない人相書があった。

「竜巻の猪之吉(いのきち)の残党……か」

菊之丞が呟くと、

「藤崎さまが貼ってくれ、と持って来られたんですよ」

甚五郎は言った。


寅蔵は藤崎をつけた。

藤崎は背中を丸め、うつむき加減に歩いてゆく。間合いを取りつつ、慎重に寅蔵は追ってゆくがつけられているという危機意識はない。

苦労もなく寅蔵は藤崎の尾行を終えた。

藤崎は深川万年町の武家屋敷に入っていった。重吉が物乞いをしていた陽興寺の近くだ。周囲を歩く者に屋敷の主を確かめると、直参(じきさん)旗本船橋半左衛門(ふなばしはんざえもん)だとわかった。

船橋が何者か、お仙に頼んで武鑑を手に入れて調べようと寅蔵は思った。

五

七日の昼、菊之丞は寅蔵の家、江戸富士でうどんを食べていた。

「今日は腹が減るな」

言い訳でもするかのように菊之丞はうどんを二杯平らげた。

「うれしいですよ。あたしの作ったうどんをこんなにも美味しいって言ってくれるんですもの」

批難めいた目をお仙は寅蔵に向けた。寅蔵は横を向いている。

すると、

「御免」

という声と共に藤崎が入って来た。

藤崎は菊之丞と寅蔵に挨拶をした。お仙が、

「いらっしゃいまし」

と、注文を聞こうとした。

藤崎はお仙に、

「何か注文しなければな」

と、気遣いを示した。

「うどんがお勧めですよ」

お仙が言うと、

「では、うどんを」

藤崎は頼んだ。

お仙が調理場に引っ込んでから、

「雇い入れたいのだ」

藤崎は寅蔵に言った。

菊之丞が、

「あんた、律儀だね。わざわざ、寅を訪ねて来たんだな」

菊之丞が言うと、

「武士に二言はござらぬ」

藤崎は大仰な物言いをした。

寅蔵が、

「では、どちらの御屋敷に奉公に上がればよろしいのですかね」

「屋敷ではないのだ」

藤崎は言った。

「と、おっしゃいますと」

「その、なんだ、さる役目を頼みたい」

「役目っていいますと、御屋敷での下働きではないんですか」

寅蔵は首を捻った。

「実は特別の役目なのだ」

藤崎は声を潜めた。

そこへ、うどんが運ばれて来た。

「ま、召し上がってください。その後、お話を聞きますぜ」

寅蔵が勧めると、菊之丞が、

「おれがいたんじゃ不都合だろう」

と、席を立った。

「いや、一緒にいらしてくだされ。と、いいますか、貴殿にもお頼みしたい。もちろん、報酬は約束する」

　藤崎の頼みを受け、

「そうかい。ま、礼金次第だがな」

　菊之丞はにんまりと笑った。

「お支払いしますよ」

　藤崎は言うとうどんを啜(すす)り上げた。たちまち破顔して、

「これは、美味(うま)い」

　心底から感嘆の声を上げると面(おもて)を上げることなく、食べ終えた。

「いやあ、美味かった」

　もう一度賞賛の声を上げてから藤崎は菊之丞と寅蔵を見た。

「実は寺の探索を願いたい」

　藤崎は言った。

「どんな」

　菊之丞が確かめると、

「ここだけの話」

勿体をつけるように藤崎は言葉を止めた。藤崎は、

「こう申してお気を悪くなされてはすまぬが、貴殿、まこと、南町奉行所の定町廻り同心でいらっしゃるな」

「はあ……」

菊之丞は意外な藤崎の言葉に驚いた。

「いや、何しろ、重要な役目ですのでな、貴殿の素性をしかと確かめぬことには」

遠慮がちに藤崎は上目遣いになった。

「正真正銘の南町同心だぜ」

菊之丞は腰の十手を抜き、小机に置いた。

「確かにおれは、八丁堀同心らしくはない。しかしな、紛れもない八丁堀同心さ」

と、巨顔を突き出した。

藤崎は信用します、とうなずいてから、

「お二人には深川万年町一丁目にある陽興寺という寺院を見張ってもらいたい」

藤崎は言った。

寅蔵が僅(わず)かに表情を強張らせた。

菊之丞は黙っていろと目で合図する。陽興寺の山門前で重吉は物乞いをしていた。

「構わんが、一体、何が行われているんだ」

菊之丞が訊くと、藤崎が答えるまえに、

「博打ですね。賭場(とば)が開帳されているんでしょう」

自信満々に寅蔵は決めつけた。

すると、

「違う」

藤崎は即座に否定した。

「ええっ」

寅蔵は口をあんぐりとさせた。

それから、

「じゃあ、何ですよ。あ、そうか。陽興寺っていうのはご禁制の寺なんですね。臨済宗って表看板だが実際は伴天連(ばてれん)教なんじゃありませんか」

寅蔵は推量というか妄想を重ねた。

「それも違う。陽興寺はれっきとした臨済宗の寺だ」

「はあ……」

あっさりと推量が打ち砕かれ、寅蔵はぽかんとなった。

「焦れるぞ。言えよ」

菊之丞は促した。

「盗人（ぬすっと）でござる」

藤崎は言った。

「なんだと」

菊之丞は首を捻る。

「六年前、火盗改（かとうあらため）に捕縛された竜巻の猪之吉一味の残党が集まる。親分の七回忌を機に」

藤崎は言い添えた。

菊之丞の脳裏に口入屋、大筒屋の板壁に貼られた人相書が浮かんだ。藤崎が貼ってくれと頼んだ人相書は火盗改が追っている竜巻の猪之吉の子分たちだった。

「ほう、そりゃ、凄いじゃござんせんか」

寅蔵は興味津々の顔となった。

しかし、菊之丞には竜巻の猪之吉は不案内だ。

「貴殿、竜巻の猪之吉をご存じござらぬか」

菊之丞の反応の薄さが藤崎には不満だったようで、意外そうな顔で問いかけた。

「菊之丞の旦那はご事情がありましてね、六年前ですと、江戸にいらっしゃらなかったんですよ」

寅蔵は藤崎に言い訳をしてから菊之丞に向き、

「竜巻の猪之吉はですね、関八州(かんはっしゅう)を股にかけた大盗人で、そりゃもう、あちこちの宿場を荒し廻ったんですよ。まるで、竜巻のように商家や旅籠(はたご)を襲って、竜巻のように去ってゆくって、そんな盗人だったんです。でも、悪事は続かないもんで、火盗改にお縄になったのが六年前って訳でしてね」

と、説明を加えた。

「その通りでござる」

藤崎はうなずいた。

菊之丞は、「へ～え」と気のない返事をしてから、

「その子分どもが七回忌に集まるのか。そりゃ、随分と律儀な盗人どもだな」

菊之丞はいぶかしんだ。

「その裏には猪之吉が盗んだ財宝が絡んでおるようでござる」

藤崎は言った。

「なんだか、話がでかくなってきたな」

菊之丞はくすりと笑った。それがいかにも不謹慎だとばかりに藤崎は顔をしかめた。

「あんた、火盗改の手先か」

菊之丞の問いかけに、

「火盗改の隠密同心でござる」

藤崎は目をむいた。何やら芝居がかった態度だ。

「ふ〜ん、そんな風には見えないがな」

菊之丞は小馬鹿にしたように鼻で笑った。

「お疑いか」

むっとして藤崎は問い直した。

「だって、隠密同心特有の鋭さってものがないよ。あんた、隙(すき)だらけだ。寅につけられていたのに気づかなかったものな。隠密だとしたら、相当に出来の悪い。はっきり言って役立たずだぞ」

遠慮会釈のない菊之丞の物言いに、藤崎は気分を害したのか口をへの字に引き結んだ。

寅蔵が間に入って、

「隠密っていうのは、そうと知られたらいけませんからね。思いもかけない人が隠密だなんてことがあるんじゃないですかね。人は見かけによらないんですよ」

訳知り顔でもっともらしい理屈を並べ立てた。

「その通り」

藤崎は寅蔵に軽く頭を下げた。

「自分で言っていれば世話はないな」

菊之丞は笑う。

「旦那……」

寅蔵は渋面となった。

「とにかく、陽興寺を見張ってもらいたい。礼金は一晩で一両でござる。明日の夜四つ、陽興寺でお待ち致す。いかに」

　藤崎の申し出に、

「そりゃ、ありがたい」

　一も二もなく寅蔵は乗った。

「悪くはないな。夜だろう、やることもないからな。一両はありがたいぜ」

　菊之丞も引き受けた。

「では」

　なんと、藤崎は前払いをしてくれた。小判で一両ずつを菊之丞と寅蔵に渡したのだ。

「いやあ、山吹色が目に沁みますぜ」

　寅蔵は小判を頭上に翳した。

「ならば、頼む」

　藤崎は一礼して出て行った。

六

藤崎がいなくなってから、

「おまいさん、これ」

お仙が一冊の書物を持って来た。

「なんだ、それ」

寅蔵が問いかけると、

「武鑑だよ。おまいさん、読みたいって言っていたじゃないか」

お仙は言った。

武鑑とは江戸中の武家屋敷が掲載されている。ああ、そうだったと寅蔵は受け取り、

「藤崎が入って行った武家屋敷っていうのは、確か……」

寅蔵は武鑑を捲り始めた。

「ああ、ここだ」

と、指差して菊之丞に見せた。

「直参旗本千石、船橋半左衛門か……」

菊之丞は確認してから、

「今の火盗改の御頭は誰だった」

と、寅蔵に訊いた。

「ええっと」

寅蔵は斜め上を見上げる。

火盗改の御頭は旗本先手組（さきてぐみ）の組頭を務める者から選ばれる。先手組の組頭はそのままで加役（かやく）として務める。神無月（かんなづき）から弥生までの火事の多い時節はもう一人が補助的に御頭に任命されている。

火盗改の御頭は任期が定まっていないが、頻繁に交代する。寛政年間に、「鬼平」と勇名を轟（とどろ）かせた長谷川平蔵宣以（はせがわへいぞうのぶため）が八年務めたのは例外だ。

一年か二年という者が多く、半年で交代する者も珍しくはない。従って、菊之丞と寅蔵が火盗改の御頭が誰か知らないのは無知とは言えない。

「船橋さまじゃないんですか……藤崎さまは火盗改の隠密同心だっておっしゃっていましたよ」

寅蔵が言った。

「それがな、船橋さまが火盗改を務めていたのは六年前だ。その翌年に長崎奉行に転じて昨年江戸に戻って小普請組入りだよ」

菊之丞は武鑑を示した。

寅蔵はそれを見て、

「なるほど、じゃあ、竜巻の猪之吉をお縄にした時は火盗改の御頭でいらしたんでしょうが、今は小普請組入りなんですか」

要するに非役である。

年齢は五十五とある。実際は隠居しているのかもしれない。

「火盗改の御頭でもないのに、竜巻の猪之吉一味の残党をお縄にするんですかね」

寅蔵が疑問を呈した。

「そんな話、聞いたことがないぞ。現役の火盗改の御頭や火盗改の与力、同心が黙っちゃいないだろう」

菊之丞は言下に否定した。

「そりゃそうですよね」

寅蔵もうなずいた。

「それに、身銭を切ってまで猪之吉一味の残党を見張るなんていうのもおかしなものだ。第一、打ち首、獄門にされた罪人が寺に葬られ、墓があるというのも解せぬな」

全く理解できないとばかりに菊之丞は両手を広げた。

「観相で見立ててもわかりませんか」

寅蔵は問いかけておいて、「愚問でした」と頭を下げた。

ふと、菊之丞が、

「寅、重吉を呼んでくれ。そろそろ、帰っているだろう」

と、言った。

「わかりました」

寅蔵は出て行った。

程なくして寅蔵が重吉を連れて戻って来た。

「どうだ、お陸とはうまくやっているか」

菊之丞はにこやかに問いかけた。

「お陰さまで」

重吉はぺこりと頭を下げ、くどいくらいに礼を述べ立てた。

「あれから、物乞いの依頼はないいんだな」

菊之丞が問うと、

「ないというか、大筒屋さんに顔を出しておりません」

重吉は声を大きくした。

「そうかい」

菊之丞は言った。

ただならぬ様子で、

「あの……何か」

おずおずと重吉は問いかけてきた。

「おまえ、深川の陽興寺の山門で物乞いをしていた時、大筒屋から見張られている、と言われたんだったな。実際はどうだった。見張られていたのか」

菊之丞が問いかけた。

「はい……見張られていました……ですが、気のせいなのかもしれません。何しろ、物乞いをしたことがありませんで、周囲の目が気になっていましたから、人に見られているような気になったのかもしれません」

重吉は慎重な言い回しをした。

「陽興寺に何度か足を運ぶ者はいただろう。もちろん、坊主や寺の関係者以外でだが」

菊之丞は問いかけた。

重吉は考え込んだ。

目を凝らして斜め上を見上げる横顔は、菊之丞の役に立とうと必死である。重吉らしい生真面目な様子であった。

やがて、重吉は菊之丞に顔を向け、

「年輩のお侍さまが、何度か寺にいらっしゃいました。身形(みなり)からしてお偉いお方のようでした」

「その侍について、思い出せるだけ話してくれ」

菊之丞は問を重ねる。

「お歳は還暦を超えていないと思いますが、いつも、駕籠(かご)で山門までいらして、境内(けいだい)

を横切り、裏手にあるお墓に行かれました。お身体がよくないようで、いつもお供のお侍がお身体を支えていましたね。で、時折ですが、あたしの方を御覧になるのです」

気味が悪いと重吉は肩をそびやかした。

「じっと見ていたのか」

菊之丞は興味を抱いた。

「いいえ、ちらっとです。ほんの瞬きをするような間です」

すると寅蔵が、

「こんな具合にか」

と、寅蔵はちらっと重吉を見た。

「そ、そうです、そんな具合です」

重吉が答えると、

「でも、これじゃあ、重吉さんの顔だってわからないだろう。間近で見ていたってわけじゃないんだろう」

寅蔵は疑問を返した。

「そうなんですよ。それに、あたしは汚い手拭で頰被りをしていましたし、いつもうつむいていましたしね、遠目でなくたって、顔つきなんかわかりませんよ」

自信を抱いたのか重吉の語調は強くなった。

「そうですよね」

寅蔵もうなずいた。

「あの、どうかしたんですか」

重吉は、自分は悪さなんかしていない、と言い添えた。

「あんたを疑っているわけじゃないさ」

安心させるように菊之丞は重吉の肩をぽんぽんと叩いた。

「そうだとも」

寅蔵も言い添える。

「悪かったな、妙な気持ちにさせてしまった」

菊之丞は詫びて、重吉は帰っていった。

「年輩のお侍は火盗改の元御頭船橋半左衛門、お供の侍は藤崎数右衛門ですね」

寅蔵が言うと、

「間違いあるまい」

菊之丞も同意した。

「重吉が怠けずに物乞いをしているのを確かめに来ていたんですかね」

「そうだろうが、それなら藤崎だけで十分なはずだ。わざわざ、御頭が来ることはない」

菊之丞の推量に、

「違いありませんや」

寅蔵も同意した。

「どうやら、その辺のところに、今回の奇妙な一件の真実があるようだぜ」

菊之丞はにんまりとした。

七

八日の晩、菊之丞と寅蔵は陽興寺にやって来た。朧月（おぼろづき）が夜空を彩り、春の夜風は艶（つや）めいていた。

菊之丞と寅蔵はぐるりと境内を見回した。すると、山門から藤崎がやって来た。藤崎は額に鉢金を施し、小袖の裾を捲り上げて帯に挟んでいる。小袖には襷が掛けてあった。

捕物出役の出で立ちである。

「こりゃ、大仰な格好だな」

菊之丞はからかうように笑いかけた。

「今まですみませんでした。早瀬さまと寅蔵さんを欺いていました」

藤崎は深々とお辞儀をした。

今日の口調は砕けたものだ。口入屋の甚五郎が言っていた、侍にしては威張っていない、お優しい方だと。

「拙者、いえ、あたしは侍じゃないんですよ」

藤崎は打ち明けた。

「なんだって」

寅蔵は目をむいたが、

「やっぱりな」

菊之丞は当然のように受け入れた。

「じゃああんたは……」

寅蔵が問いかけた。

「数右衛門は本名でして……あたしは、しがない旅役者なんです」

「へ～え、役者かい」

寅蔵は唖然となった。

菊之丞が、

「詳しく聞こうか」

と、藤崎に話の続きを促した。

藤崎は六年前に船橋の知遇を得た。旅回りで興行を打っていた川越宿であった。

「船橋さまは竜巻の猪之吉一味を追っておられました。あたしは、猪之吉一味に加わっていたんです」

藤崎は猪之吉一味の下っ端というか密偵であった。旅芸人一座は興行先の宿場で裕福な商家からもてなされる。その際、藤崎は商家の金蔵の鍵の蠟型を取って猪之吉に渡していた。

猪之吉一味は押し込み先の商家で盗みはするが人を殺めることはなかった。ところが、子分たちが暴走し、押し込み先の商家で女たちを手籠めにした。それを機に猪之吉一味は暴徒と化し、奪い、犯し、殺すという残虐行為に及ぶようになった。

「あたしは怖くなって火盗改さまの御屋敷を訪ねました」

藤崎は川越宿で猪之吉一味が押し込みを企てている、と船橋に訴え、一味の隠れ家を教えたのだった。

船橋は火盗改を率いて一味の捕縛に当たった。歯向かう者は容赦なく斬り捨てた。猪之吉一味は全て捕えるか斬殺したのだった。

この手柄により、船橋は長崎奉行に栄転した。藤崎の一座は長崎に呼ばれ、興行を打たせてもらい、藤崎には猪之吉一味捕縛の褒美がくだされた。

「悪逆非道に陥った猪之吉親分でしたが世話になった恩もあります。その親分を売って、さすがに気が差しました」

藤崎は褒美を返上し、船橋に猪之吉の墓を作って欲しいと懇願した。船橋は受け入れ、菩提寺に猪之吉の墓を作った。

「長崎奉行を辞され、江戸にお戻りになっていらした船橋さまを訪ねました。二月程前のことです」

船橋は病の床にあった。

記憶も定かでなくなり、身内や家臣たちの顔や名前も忘れていた。ところが、藤崎のことは覚えていた。

すると、船橋は自分が火盗改の御頭の任にあると思い込んでしまった。藤崎を火盗改の隠密同心に任じ、竜巻の猪之吉一味の残党捕縛に執念を燃やすようになった。

余命いくばくもない船橋を哀れみ、息子や身内は藤崎に芝居をするよう頼んだ。

ここまで聞いて菊之丞は返した。

「それで、竜巻の猪之吉一味の残党が猪之吉の墓に集まり、悪企みをしているという話をでっち上げ、芝居を打ったんだな。芝居に真実味を持たせる為、大筒屋を介して何人かを雇った。物乞いをさせて、船橋さまには火盗改の密偵のように見せたってわけだ」

「おっしゃる通りです」

藤崎は認めた。

菊之丞は周囲を見回し、

「それで……そんな手の込んだ芝居を打ちながら、船橋さまはどうした」

と、藤崎に視線を定めた。

藤崎の顔が曇った。

「今夜、捕物の芝居をする予定だったのです。一座の者に猪之吉一味の残党を演じさせ、船橋さまの指揮の下、あたしや早瀬さま、寅蔵さんに捕物をして頂くつもりだったのです。早瀬さまと寅蔵さんに頼みましたのは、町奉行所の同心、岡っ引でいらっしゃいますから、実際の捕物を経験なさっていると見込んでです。もちろん、捕物が終わりましたら全てを明らかにするつもりでした。それが……」

藤崎は言葉を詰まらせた。

「船橋さま、亡くなったのか」

菊之丞の問いかけに藤崎は何度かうなずき、

「夕刻、息を引き取られました。今際（いまわ）の際に『御用だ！』という言葉を残されたとか。今頃は冥途（めいど）で火盗改の御頭として捕物の先頭に立っておられるでしょう」

しみじみと語り終えた。

「なんだか、胸が温かくなりましたね」

寅蔵は夜空を見上げた。
竜巻の猪之吉一味捕縛は一炊の夢であった。
夜気が菊之丞を柔らかく包み、何となく気分が沸き立った。

第四話　無礼討ち騒動

一

弥生十五日、過ぎゆく春を惜しむかのように葉桜の時節となった。

早瀬菊之丞と薬研の寅蔵は日本橋本石町の自身番に向かっている。本石町には時の鐘がある。

「無礼討ちですよ」

寅蔵の声が昼九つを告げる鐘の音にかき消された。

「何だって！」

がなるようにして菊之丞は聞き返す。寅蔵は長身の菊之丞に背伸びをして、

「無礼討ちですって！」

と、耳元で語りかけた。

「ふ〜ん、無礼討ちね」

早瀬菊之丞は関心なさそうに返した。

鐘が打ち終わるのを待って寅蔵は続けた。

「ともかく、番屋に斬ったお侍がお待ちです。それに、斬られた町人の亡骸がありますんで」

「そうかい」

またしても気のない返事をすると、菊之丞は日本橋本石町の自身番に入った。町役人が、「お疲れさまです」と挨拶をして小上がりに視線を向けた。

羽織、袴の武士が正座をしている。寸分の乱れもないのは身形ばかりか表情もだ。殺しの陰惨さは微塵も感じられず、まるで茶室にいるようだ、と菊之丞は感じたものの、茶道など一度もやったことがない。

視線を転じると土間に筵を掛けられた亡骸が横たわっていた。それが、無礼討ちが起きた現実を物語っている。

菊之丞は武士に目礼してから、まずは亡骸を検めようとした。寅蔵と共に亡骸の傍らにしゃがみ、合掌する。次いで、寅蔵が筵を捲った。

若い男だ。半纏に腹掛け、股引という形からして大工だろう。左肩から鳩尾まで袈裟懸けに斬り下ろされていた。傷跡からして、一刀の下に斬殺されたようだ。

武士は相当な手練れである。

町役人が、

「仏は大工の源太さんです」

と、源太はこの近所に住んでおり、もうすぐ女房がやって来る、と言った。

菊之丞は座敷に上がった。

「南町の早瀬です」

挨拶をすると、

「直参旗本大番役小倉勘解由である」

小倉は気負うこともなく淡々とした口調で名乗った。

「無礼討ちの経緯をお話しください」

菊之丞が頼むと、小倉は軽くうなずいてから語り始めた。

った」

「昨日の昼下がりであった。わしは本石町の時の鐘の裏手にある観音堂に参拝した。時の鐘近くにあるので鐘観音と呼ばれておる。わしは、雨が降らぬ限り、剣の向上を祈願する為、日参しておるのじゃ。で、その帰り道、腹が空いたのでな、蕎麦屋に入った」

蕎麦屋で食事をしていると、うるさい者たちがいた。すると、その中に見知った者がいる。屋敷の修繕と剣術道場の普請を任せた大工の辰五郎だった。辰五郎は腕が良いばかりか若い大工を一人前に育てる一流の棟梁だと評判だった。

この時も若い大工たちに蕎麦を振舞っていた。蕎麦ばかりか酒も飲んでいた。

「わしは辰五郎に静かにするよう頼んだ」

辰五郎は申し訳ございません、と謝って大工たちを窘めた。

「しばらくは大人しくしておったが、酒が進むとうるさくなった。それで、わしはかっとなって怒鳴りつけてしまった」

すると、若い大工の一人、源太が反発した。昼から酒を飲んでおり、気が大きくなっていたようだ。小倉は落ち着きを取り戻し、冷静に宥めたのだが、源太は却っていきり立った。

「それでも、その場は収まった」

小倉は言った。

源太は辰五郎から宥められて、どうにか静かになった。小倉は釈然としなかったものの、事を荒立てることもあるまい、と勘定を終えて店を出た。

「昨日はそれで済んだのだ。しかし、間が悪いというか、不運というか」

小さくため息を吐き、小倉は話を続けた。

今日も鐘観音に参拝しようとしたところを呼び止められた。呼び止めたのは源太であった。源太は悪口雑言を浴びせてきた。

「それは聞くに堪えないものであったな」

薄く笑って小倉は言い添えた。

白昼堂々と暴言を吐かれて何もしないでは武士の面目にかかわる。

「よって、無礼討ちにした次第」

小倉は話を締め括った。

この時代、武士が町人から無礼を働かれたら斬り捨てることが許されている。但し、無暗やたらと斬殺できたわけではない。酔った勢いで罪もない町人を斬り殺せば処断された。

無礼討ちが認められるのは証人がいる場合である。斬殺された町人が武士に無礼な言動をした、と証言する者がいなければ無礼討ちとして認められない。

また、無礼を働かれたのに、その場をすごすごと退散しては、その武士は、「武士にあるまじき所業」と批難された。

今回、小倉が源太から無礼を働かれながら何もせずに帰宅を急いだとしたら、小倉の面目は地に堕ち、少なくとも大番役の職は辞することになる。

いや、大番役が将軍直属、将軍の親衛隊という栄えある職務であるのを鑑(かんが)みれば、切腹に追い込まれるかもしれない。小倉本人ばかりか、小倉家は武門の恥という汚名が残るのだ。

話を聞き終え、

「証人はおりますな」

菊之丞は確かめた。

さすがに菊之丞といえど、名門旗本に普段のようなざっくばらんな言葉遣いは憚(はばか)られ、丁寧にした。

「鐘観音の近くに茶店がある。主が顚末を見ておった」

小倉は答えた。

「そうですか、なら、その者に確かめますよ」

菊之丞は寅蔵に目配せをした。

「手間をかけるがよろしく頼む。白昼のことゆえ、茶店の主の他にも目撃した者はおろう」

頼む、と小倉は軽く頭を下げた。

その時、慌ただしく腰高障子が開けられ、女が駆け込んできた。

「お文さん……」

町役人が悲壮な顔で語りかけた。

源太の女房である。黄八丈の小袖の襟は乱れ、丸髷に結った髪はほつれ、息が上がっていた。土間に横たわる源太の亡骸にすがるようにしゃがみ込むと、

「あんた……」

茫然と絶句した。

寅蔵が、

「辛いだろうが……」

筵を捲り、顔だけ見えるようにした。お文は口を半開きにしてから弱々しく首を縦に振り、源太だと確認した。

「どうして」

お文は声を上ずらせた。

「亭主はな、その、なんだ」

寅蔵が言葉を選びながら事情を説明しようとした。

「わしが亭主を斬った」

小倉は座敷を下り、お文の前に立った。

お文は啞然として小倉を見返すのみで、言葉を発することができない。

「無礼討ちとは言え、亭主の命を奪ってしまったこと、深く詫びる」

小倉は深々と頭を下げた。

お文はわなわなと全身を震わせ、

「無礼討ち……うちの人を斬った……お武家さまだから斬ったんですか」

と、抗議の目を向けた。

小倉は渋面となった。

「ひどい……ひどいじゃないか。侍だから町人を殺めてもいいのかい！」

大きな声でお文は小倉を批難した。

町役人が、

「お文さん、やめなさいよ」

と、宥めた。

お文は泣き崩れた。

小倉は菊之丞に向き、

「すまぬが、今日はこれで失礼する。用向きがあれば屋敷を訪ねてくれ。逃げも隠れもせぬ。また、上役に今回の事情は報告致す。沙汰は待たねばならぬが、事が落着するまで屋敷にて謹慎致す」

と、言った。

「わかりましたよ」

菊之丞は了承した。

小倉は去ろうとしたが財布を取り出すと小判を五枚、懐紙に包んだ。

「改めて見舞金を出すつもりだが、まずは弔いの足しに使ってくれ。すまぬがそなたから女房に渡して欲しい」

小倉の頼みを聞き入れ、菊之丞は受け取った。

小倉が出て行ってから、

「お文」

と、呼びかけた。

お文は涙をしゃくりあげた。

「小倉さまからだ。弔いの足しにしてくれということだ。受け取れ」

菊之丞は懐紙を差し出した。

「こんなもん……」

お文は拒絶しかけたが、

「貰(もら)いますよ。亭主を殺したお侍の金でも金に名前はついていませんからね。それとも、いけませんかね。旦那からあのお侍さまに返してくれって頼むのが女房ってもんですかね」

お文は苦笑した。

「いや、貰っておけばいいさ。小倉さまは、後日見舞金も払うって言ったんだからそれも貰え。何なら、金額はおれが交渉してやってもいいぞ」

菊之丞が言うと、

「その時は頼みます」

と、懐紙を受け取り、五両入っているのを見た。

「へ～え、これが小判か……五両だって。五両もの大金を弔いの足しに使ってくれって。足しどころじゃないよ。盛大な野辺の送りができるわ……まったく、お偉いお侍さまってのは、あたしらとは別の世の中でお暮らしだ。そんなお侍から見たら、うちの人の命なんて虫けら同然なんでしょうね」

乾いた表情でお文はからからと笑い声を上げた。その目には涙が滲(にじ)んでいる。寅蔵も悔しそうに拳(こぶし)を作った。

「亭主とは仲が良かったのか」

菊之丞が語りかける。

お文は首を左右に振り、

「年がら年中、喧嘩(けんか)ばっかりしてましたね。何しろ、うちの人ときたら呑兵衛でしてね、素面（しらふ）で帰って来たことなんかありませんでしたから」

と、源太の亡骸を見やった。

「大工だったのだな」

「あたしが言うのもなんですが、腕が良いと評判でしたね」

お文は言った。

そこへ、

「御免よ」

と、威勢のいい声が聞こえた。

二

入って来たのは大工だった。

お文が、

「棟梁……」

と、声をかけた。

棟梁は辰五郎と名乗り、源太の亡骸に合掌した。

「源太の奴、何だって斬られたんですか」

辰五郎は菊之丞に問いかけた。菊之丞に代わって寅蔵がかいつまんで説明を加えた。

「ええっ、小倉さまに……昨日のことがこじれたのか……」

辰五郎はため息を吐いた。

菊之丞が、

「蕎麦屋でのことかい」

と、確かめた。そうなんですよ、と辰五郎は認めてから、

「あの時、源太の奴、酔っぱらって気が大きくなっていましてね」

と、蕎麦屋での出来事を語り始めた。

手がけていた普請が終わり、昼には注文主の検分も終わって手間賃とは別にご祝儀を貰った。

「それで、仲間と昼間から一杯やっちまったんですよ」

蕎麦でも食って帰るか、と辰五郎は誘ったが、蕎麦だけで済むはずもなく、つい一杯だけのつもりが腰を据えて飲んでしまった。

「五人で盛り上がってしまって」

辰五郎は悔いるようにため息を吐いた。

「いい気分で飲んでいる最中に小倉さまから注意を受けたんだな」

菊之丞が確かめると、

「ま、そういうこって」

「それに源太が突っかかったのか」

「早い話がそうなんですよ」

ため息混じりに辰五郎は答えた。

「源太は喧嘩っ早かったのか」

「酔っぱらうと気が大きくなって、結構やらかしましたが決して腕っぷしは強くはありませんでしたからね、それを自分でもわかっていましたから、口喧嘩がほとんどでしたね」

辰五郎はくすりとしてから、不謹慎でした、と表情を引き締めた。

「それが、侍に食ってかかったというのは、悪酔いしていたのか」

菊之丞は首を捻(ひね)った。

「こりゃ、あっしの考えですがね、今回の普請というのはさるお武家さまの別邸の離れ座敷だったんですよ、そこの用人さまが口うるさいお方で、あっしらの仕事ぶりを事細かく目になさって、あれやこれや指図なさったんですよ。大体、大工なんてものは、細工は流々、仕上げをご覧じろって男が多いんでね、内心で不満に思っていたんですよ。特に源太はやかましく当たられていましたんでね、侍に対する面白くない気持ちが高まっていたんだと思いますね」

辰五郎は言った。

「なるほどな」

納得したように菊之丞はうなずいた。

「それでも、その場で収まっていればよかったんですがね。明くる日にばったり出くわすなんてのは、運が悪いっていったらありませんや」

辰五郎は嘆いた。

菊之丞は首を傾げ、

「明くる日、つまり、今日は休みだったんだな」

「そうなんです」

辰五郎が答えたところでお文が言った。

「うちの人は棟梁の家に行ってくるって家を出たんですけど……」

辰五郎は頭を振り、

「来てないぜ。おれの家は今川橋の近くだ。源太が斬られた鐘観音とは方角が違うな。となると、源太、昼間から一人で飲んだのかもしれませんね」

手間賃とご祝儀で懐が温かくなっていた上に暇を持て余していたのだろう。一人で飲みに行く条件が揃ったと言える。

「それで、酔った勢いで鉢合わせた小倉さまに毒づいたというわけか」

菊之丞は推量した。

するとお文が口を挟んだ。

「今日はそんなに飲んでいないはずですよ」

菊之丞はおやっとなり、

「そりゃ、どういうわけだ」

と、問い直す。

「今朝、あたしがうちの人の財布からお金をほとんど抜き取ったんですよ」

溜まっていた家賃の支払いがあると、お文は源太から金を受け取り、残りは二十文ばかりであった。

「二十文ぽっちじゃ、酔うくらいの酒は飲めんな。いや、どぶろくなら飲めるか……」

菊之丞は想像した。

酒の値段は種類によって多寡がある。上方（かみがた）から下る清酒の上物であれば一合三十二文、普通物は二十四文、関東地回りの酒ならば十二文、どぶろくの上澄み酒が八文、更にどぶろくならば四文というのが相場だ。

肴（さかな）を取らず、どぶろくであれば五杯飲める。しかもどぶろくは悪酔いしがちだ。呑兵衛の源太が空きっ腹にどぶろくを流し込み、悪酔いした状態で小倉とばったり出くわしたのかもしれない。

すると、

「いや、うちの人はどぶろくを飲むことはないんじゃないですかね」

お文は疑問を言い立てた。

「どうしてだ」

菊之丞は問い直した。

「うちの人はですね、粋がっていまして、棟梁から江戸っ子は飲み食いにけちっちゃいけねえって教わったとか言い訳をして、酒は上方の下り酒しか口にしなかったんです」

お文の話を受け、

「偉そうに源太や若い奴らに講釈を垂れていましたね」

悔いるように辰五郎は言い添えた。

「源太が上方の下り酒に拘(こだわ)ったのは江戸っ子を気取る見栄ってわけかい」

寅蔵が確かめると、

「それもありますが風味を気に入っていましたね。旦那もご存じだと思いますが、下り酒は樽廻船(たるかいせん)で運ばれてきますんでね」

辰五郎が返すと、

「確かに風味がいいな」

菊之丞は認めた。

樽廻船に積載された酒は檜(ひのき)で作られた樽に入れられる。すると、大坂から江戸に運ばれる間に檜の風味が程よく加わっている為に、まろやかな味わいであった。

それが江戸っ子には大変好評なのだ。

また、上方の酒飲みもこの評判を聞きつけ、江戸の者にばかり美味（うま）い酒を飲ませることはない、と樽廻船で江戸まで運んでから、一部の酒樽を積んだままにして大坂に戻させた。

酒樽は富士山を二度見ることから、「富士見酒」と言って上方でも大変に珍重されているのだ。

「源太は酒を飲んでいない可能性が高いということか。かりに飲んでいたとしても二十文じゃ、精々、関東地回りの酒を一杯といったところだ。それじゃ、呑兵衛の源太にしちゃあ、それほど酔った状態ではなかったと考えられるな」

菊之丞は言った。

辰五郎はうなずき、

「酒が入っていないと、大人しい男なんですからね、その源太が素面か素面に近い心持ちで小倉さまに悪態を吐いたっていうのは信じられませんね」

と、疑問を呈した。

寅蔵が、

「こりゃ、無礼討ちっていうのは怪しいんじゃないですか」

「小倉さまの言葉は鵜呑みにできないってことだな」

菊之丞は顎を掻いた。

「証人を調べますよ」

寅蔵は言った。

「そうだな」

菊之丞も同意した。

「旦那……うちの人は犬死にということですか」

お文はいきり立った。

「そうだよ、いくら侍だからってむざむざとおれたち町人を斬っていいもんじゃねえ」

辰五郎も気を昂らせた。

興奮気味のお文と辰五郎に寅蔵が語りかけた。

「いいかい、こちらの早瀬菊之丞さまはな、そんじょそこらの同心さまとは違うんだ。

相手が旗本だろうと大名だろうと公方さま……はどうかな……ま、いいや。ともかく、相手がどんなお偉い方だろうがな、決してひるまずにとことん間違ったことを正すってお方だ。大船に乗ったつもりでお任せしな」

寅蔵は自分のことのように胸を張った。

「まあ、凄い……旦那、お願いします。うちの人の無念を晴らしてくださいな」

お文は訴えた。

「旦那、あっしからもお頼み申し上げますよ。このままじゃ、源太の野郎は成仏できねえ。せめて、源太にはあの世で思う存分に酒を飲んでもらいてえんですよ」

辰五郎も涙ながらに訴えた。

「旦那、何が何でも源太を犬死にさせちゃ、いけませんぜ」

寅蔵は気負った。

菊之丞は渋面を作って、

「おいおい、おれを買い被るなよ。おれはな、神仏でも聖人でもない。また、腕っこきの同心でもないんだ。だがな、寅が言ったように相手は誰だろうと関係ない。間違った奴は正す。但し、源太が無礼討ちにされても仕方がない振る舞いをしたとわかるかもしれない。その場合は無礼討ちにされたのを受け入れなきゃいけないぜ」

きっぱりと言い切った。

「わかりましたぜ。あっしは、早瀬さまに託しますよ」

という辰五郎の言葉にお文も同意した。

三

菊之丞と寅蔵は源太が無礼討ちに遭った現場にやって来た。

時の鐘近くに延びる横丁である。

どんつきにある御堂が鐘観音であろう。鐘観音の近くに小倉が言った茶店があった。

菊之丞と寅蔵は茶店に向かった。

年寄りの主（あるじ）が一人で営んでいた。

寅蔵が、

「ちょいと、御用の筋だ」

と、羽織を捲って腰の十手（じって）をちらりと見せた。

「無礼討ちの一件ですね」

主は米吉と名乗った。

「無礼討ちの様子を話してくれ」

寅蔵が頼むと、

「いやあ、びっくりしましたですよ」

好々爺然とした表情で米吉は言った。

「無礼者！　と、そりゃ、大きな声が聞こえましてね、それで、慌てて表に出たらお武家さまが立っておられ、男が倒れておりました。男の周りには血が……」

米吉は口をつぐんだ。

「そいつは災難だったな」

寅蔵は同情を寄せた。

「それで、そのお武家さまは申されました。これは無礼討ちである、わしは近くの番屋に出頭する、とご自分の姓名を名乗られたのです」

米吉は証言した。

ここで菊之丞が、

「言い争ったのを耳にしたかい」

と、確かめた。

「そうですね」

眉間(みけん)に皺(しわ)を刻み、米吉は思案を始めた。

「何でもいいんだぜ」

寅蔵が問う。

「いや、それが……」

米吉は思い出せないと答えた。

その辺のことは聞いていないそうだ。要するに主は小倉が発した、「無礼者！」という声で気づいたのだ。

「じゃあ、源太が小倉さまに無礼を働いたかどうかはわからないのじゃありませんかね」

寅蔵が言った。

「そういうことだな」

菊之丞も同意した。

明くる十六日の朝、菊之丞と寅蔵は小倉を訪ねた。鎌倉河岸にある屋敷は、大番役を務めるだけあって豪壮であった。

裏門に回り、菊之丞は番士に素性を告げて小倉への取次を頼んだ。話が通してあったのか、すぐに案内された。

御殿の裏口近くの一室に通される。

六畳の質素な部屋であった。装飾の類はなく、畳も縁がすすけている。その真ん中に地味な木綿の着物を着た小倉が正座をしていた。謹慎の日数が経っていないとあって、月代と無精髭は薄っすらと伸びている。

眼光の鋭さは変わらない。気力は衰えていないようだ。

「探索、ご苦労であるな」

小倉は穏やかに言った。

「それなんですがね、小倉さまが源太から無礼を働かれたのを目撃した者が見つからないんですよ」

困りましたな、と菊之丞は言い添えた。

「蕎麦屋での証言の裏付けは」

意外そうに小倉は目をしばたたいた。

「源太が悪酔いをして小倉さまに悪口雑言を浴びせたということは明らかになっていますよ」

「ならば、無礼討ちが成り立つではないか」

「難しいですね」

「なんじゃと」

小倉は表情を固くした。

「問題は小倉さまが源太を斬って捨てた時に、無礼を働かれたのを目撃した者が見つからないってことですよ」

菊之丞は語調を強めた。

「茶店の主がおるではないか。そなた、ちゃんと茶店に行ったのだろうな」

小倉の語調が強くなった。

「行きましたし、話も聞きました。確かに主はあなたさまが、『無礼者！』と甲走(かんばし)った声を発せられたのを耳にしていましたな。しかし、肝心要(かんじんかなめ)の源太の言葉を聞いていないんですよ。つまり、悪口雑言をね」

菊之丞は説明した。

小倉は舌打ちをした。

「源太はどんな無礼を働いたんですか」

今度は菊之丞が問いかけた。

「あ奴はわしを見てせせら笑ったのじゃ。蕎麦屋でのことをちゃんと覚えておったのじゃな。それで、わしは、何か用か、と問い質した。すると、あ奴は、『斬れるものなら斬ってみろ』と抜かしおった」

小倉は唇を震わせた。

「それで、すぐに斬ったのですか」

菊之丞は目を凝らした。

「そんなことはない。わしはいなそうとした。無駄な血は流したくはないからな」

小倉はきっぱりとした口調で否定した。その表情からは嘘を吐いているようには見えない。

「では、どうして斬ったんですか」

わざと批難めいた口調で問いかけた。

むっとし怒りを噛み殺しながら小倉は答えた。

「わしの大刀を竹光だろうと馬鹿にし、斬る度胸なんぞないだろう、とな」

その時の屈辱が蘇ったのか小倉の形相は憤怒に歪んだ。

「源太は啖呵を切ったんですね」

さりげなく菊之丞は問いかけた。

「そうだ」

勢いよく小倉は答えた。

「おかしいな」

菊之丞は大袈裟に首を捻った。

「いかがしたのだ」

小倉は半身を乗り出した。

「啖呵を切ったなら茶店の主の耳に入りそうだがな」

独り言のように菊之丞は呟いた。

「それは、主が聞こえなかっただけだろう。それに行き交う者たちが耳にしたはずだ」

むきになって小倉は言い立てる。

すると、菊之丞が、

「源太の評判なんですがね、あいつは呑兵衛で酒を飲むと気が大きくなって、よく揉め事を起こしていたそうなんですよ。ですがね、肝っ玉の小さな男で口喧嘩が関の山なんだそうです。酒が入っていない素面の状態ですとね、喧嘩どころか大人しい男なんです。とても、侍相手に毒づいたり、喧嘩をふっかけたりなんかできっこないんですよ」

菊之丞は断じた。

「昨日の昼も飲んでおったかもしれぬではないか。そんな呑兵衛なら昼の日中から飲んだくれていたとしても不思議ではないぞ」

小倉は言い張った。

「ところが、源太は酒を飲もうにも酔えるだけの酒を買える銭を持っていなかったんですよ。つまり、素面の状態、気の小さな源太が小倉さまに悪口雑言を浴びせるのは考えにくいんですな。喧嘩をふっかけるどころか、小倉さまを見たら、こそこそと逃げ出すんじゃないですかね」

　菊之丞は笑った。

　小倉は口を半開きにした。

「小倉さま、本当に無礼を働かれたんですか。まことは、前日に散々悪口雑言を浴びせられた源太と偶々会ってしまったんで、蕎麦屋での記憶が蘇り、斬ってしまったんじゃないんですか」

　菊之丞はずばり指摘した。

「そんなことはない」

　小倉は首を左右に振った。

「小倉さま、正直に話してくださいよ」

　菊之丞は言葉を重ねた。

「ぶ、無礼者」

　小倉の目が吊り上がった。

「おやおや、今にも斬られそうですな」

　おお怖い、と菊之丞は小馬鹿にしたような冷笑を浴びせた。

「貴様……不浄役人の分際で図に乗りおって」

小倉のこめかみがぴくぴくと動いた。

「さあ、不浄役人をどうしますか。無礼な大工同様に斬って捨てますか」

挑発するように菊之丞は大きな顔を突き出した。

「おのれ」

小倉は怒りを募らせ、肩で息をしているがかろうじて怒りを我慢している。それから、深く息をし、

「すまぬ。言葉が過ぎた」

小倉は詫びた。

菊之丞は黙って見返した。

「信じてくれ。源太はわしに無礼な言葉を投げてきた。怒声のようなものではなかった。わしも頭に血が昇ったゆえ、前夜の悪口雑言とごっちゃになった。確かに声は大きくはなかった。それでも、暴言であった」

淡々と小倉は訴えかけた。

「武士に二言はないのですな」

菊之丞が問うと、

「ない」

きっぱりと小倉は断じた。

四

小倉屋敷を後にした。

「小倉さま、嘘吐いていますよ。観相にも出ていたんじゃござんせんか。旦那に嘘を見抜かれてずいぶんと慌てていましたよ」

寅蔵は不満そうだ。

「悪相が表れていない」

菊之丞は漏らした。

「じゃあ、嘘を吐いていたんじゃないんですか」

こりゃ、驚きだ、と寅蔵は大袈裟に言い立てた。

「曖昧(あいまい)だ。どうにも判断がつかんな」

珍しく菊之丞は迷っている。

「旦那、どうしたんですよ」

寅蔵まで五里霧中になった。

「そうだ……どうして源太は逃げなかったんだろうな」

ぽつりと菊之丞は漏らした。

「それがどうかしましたか」

寅蔵は訝しんだ。

「源太は素面では気の弱い生真面目な男だ。自分と因縁ができた侍を目にしたら、逃げるんじゃないか」

「出会い頭ってやつだったんじゃないですか。予想もしない場で出くわしてしまって、それで逃げられなかったんじゃ」

「面と向かったとしても逃げられるだろう。縄で縛られていたわけじゃない。手足は使えたんだからな」

「そこはあれじゃないですか。蛇に睨まれた蛙ってやつですよ」

寅蔵は言った。いかにも安易な思いつきである。

「それだったら、悪口雑言など叩けまい。口を開くこともできず、畏れおののいただろうさ。とても、無礼な振る舞いなどできるわけがない」

「じゃあ、あれですよ、やっぱり、小倉は嘘を吐いたんですよ。蛇に睨まれた蛙よろしく身動きできない源太を一方的に斬ったんですよ。『無礼者』と大声で怒鳴って無礼討ちだと偽ったんですよ。そうに決まっています」

寅蔵らしい決めつけをした。

「それはどうもおかしいな。白昼だ。周りの目というものがある。誰かに見られているかもしれないんだ。後先考えずに刀を抜くはずがない。小倉は大番役だからな。正当な理由なく刀を抜き、人を殺せば、公方さまの体面にも関わる。小倉一人が切腹すれば済むような話じゃないさ」

菊之丞の説明に、

「そりゃまさに正鵠を得ていますよ」

と、使い慣れない賢そうな言葉で寅蔵は応じた。

「となると、どうするか」

菊之丞は顎を掻いた。

弥生二十日、菊之丞は日本橋本石町の自身番と鐘観音の前に小倉による源太への無礼討ちの目撃者を求める高札を立てた。

菊之丞と寅蔵は自身番で目撃情報を待った。待った甲斐があっていくつも目撃情報がもたらされたのだが、

「いい加減なことを言っている連中ばっかりですよ」

寅蔵が嘆いたように、小倉の言い分を裏付けるもの、小倉の証言が嘘だと立証する目撃談が錯綜した。

「かえって混乱しましたよ」

寅蔵は言った。

「藪蛇ってやつだ」

菊之丞も悔いた。

「もう、止めますか」

寅蔵が言ったところで、

「御免」

と、身形の立派な武士が入って来た。

「早瀬」

と、声をかけてきたのは南町奉行所年番方与力大野助右衛門である。年番方与力は与力首席、つまり町奉行所における実務の責任者だ。奉行は任期があるが与力同心は終身に亘って奉行所に奉職する。また、奉行は町奉行所の役目以外も江戸城に登城して老中の諮問に答え、評定所の役目もある為、多忙を極めている。

町奉行所の実務は与力たちに任せているのが実状である。年番方与力大野助右衛門は事実上の南町奉行所で最高の実力者であった。

「ああ、こりゃ大野さまの出番ということは、用向きは小倉さまですな」

ずばり、菊之丞は言った。

「そういうことだ」

大野は座敷に上がり、菊之丞だけを招き寄せた。裃に威儀を正し、ぴんと背筋を伸ばした姿は威厳を漂わせている。

それでも、

「どっから圧がかかりましたか。まさか、公方さまじゃありませんよね」

臆(おく)することなく菊之丞は冗談めかして問いかけた。

大野は真面目な顔つきで、

「大番頭望月玄蕃(もちづきげんば)さまじゃ」

と、告げた。

「なるほど、小倉さまの上役ですか。で、望月さまは何とおっしゃっているんです。源太の死は小倉さまの無礼討ちで落着させろってことじゃないんですか」

菊之丞の推測を受け、

「そんなところだ」

大野は認めた。

「そんなこと言われてもね、無礼討ちには証人が必要なんですよ。証人が揃わないと無礼討ちになりませんよ」

不満そうに菊之丞は言い立てた。

「それはそうだが……そこのところをうまくやるのがそなたの役目だろう」

大野は渋面になった。

「おや、年番方与力さまともあろうお方が、聞き捨てにはできない物言いをなさいましたな。おれたち町方の役人は、お偉いさんの為に働いているんじゃありませんぜ。町人の暮らしを守るのが役目じゃないんですか」

菊之丞が正論で言い返すと、

「それはそうじゃが……」

大野はため息を吐いた。

「何か違いますか」

「わしらもな、公方さまから禄を頂いておる身じゃぞ」

「わかってますよ」

「ならば、うまくやれ」

「うまくやろうにもね……」

菊之丞は両手を広げた。

「そんなに難儀しておるのか」

大野は渋面となった。

「証人をでっち上げれば簡単ですよ。ですがね、後でそれが表沙汰になったら、奉行所も大番役もごうごうたる批難が湧き上がりますぜ。目安箱に投書されるかもしれませんよ」

脅すように菊之丞は言い立てた。

渋面を深め、大野は舌打ちをした。

次いで、

「それで、無礼討ちの証言が得られなければ小倉さまは切腹じゃな」

残念だと、大野は菊之丞のせいであるかのように睨んだ。

それで動ずるどころか、

「いや、切腹じゃありませんよ。江戸市中で罪もない町人を斬ったのだから、武士の籍を奪われ、打ち首でしょうな」

抜け抜けと菊之丞は述べ立てた。

「打ち首か……」

大野は絶句したが、

「そんなこと、おれが言うまでもなく与力さまならよくご存じじゃありませんか」

菊之丞は言った。

「ま、そうじゃがな」

大野の苦衷を菊之丞は気にすることなく続けた。

「いつまでも、ずるずると引き延ばすことはできませんや。期限を区切って、無礼討ちの確かな証言が得られなければ、小倉さまには覚悟を決めて頂くしかありませんよ」

「早瀬……」

大野はため息を吐いた。

「大野さま、大番頭さまから頼まれて二つ返事で請け負ったんでしょう」

意地の悪い顔になった。

悪戯(いたずら)小僧が大人をからかって成功した時に見せる無邪気な笑みのようだった。

「まあ、その、なんだ」

図星を指されたようで大野は決まりの悪い顔をした。

「辛いところですな」

「まったく、そなたはお気楽でよいな」

「妙なこと、言わないでくださいよ。おれは、苦労の多い男なんですよ。面倒な事件ばかり押し付けられてね」

わざとらしく菊之丞は肩をそびやかした。

「おまえには、敵わんよ」

呆れたように大野は失笑を漏らした。

「そんなお褒めの言葉を与力さまから頂戴したなら、益々張り切らないといけませんな。ほんと、ありがとうございます」

菊之丞は声を上げて笑った。

「少しは融通を利かせた方が今後の役目はやりやすくなるぞ」

諭すように大野は語りかけた。

「ご助言、ありがとうございます」

馬鹿丁寧に菊之丞は返した。

「ま、精々、頑張れ」

大野は席を立った。

大野が出て行ってから寅蔵がやって来た。

「ひょっとして、圧ですか」

心配そうに寅蔵に問われ、

「そういうことだ」

あっさり菊之丞は認めた。

「やっぱり……で、どうするんですか」

寅蔵は危ぶんだ。

「聞き流したよ」

あっけらかんと菊之丞は返した。

「さすがは菊之丞の旦那だ」

両手を打ち鳴らし寅蔵は賞賛した。

「さて、どうするか」

菊之丞は虚空を見上げた。

「現場に訊けっていいますよ」

寅蔵は言った。

「それだな」

菊之丞は歩き出した。

五

菊之丞と寅蔵は再び無礼討ちの現場にやって来た。

茶店の主、米吉がやって来た。

「ご苦労さまでございます」

米吉は丁寧にお辞儀をした。

寅蔵が挨拶を返し、

「例の無礼討ちなんですがね、どうも証人が得られなくてな」

悩まし気に語りかけた。

「証人を探していらっしゃるんですか、そりゃ、お疲れさまです」

米吉は言った。

「思い出せないかな」

寅蔵は懇願した。

「そうですな」

寅蔵に気を遣ってか米吉は眉間に皺を刻んで思案を始めた。

「何でもいいんだよ」

寅蔵は言い添えた。

「何でもと申されましてもな……大工さんとお侍さまとのやり取りを見ていたのは……いや、その」

米吉は必死で思い出そうとしている。

「人は行き交っていたんだろう」

寅蔵は言った。

「ですがね、行き交う人の顔を一々、覚えていませんしね、ましてやお名前なんか存じませんしね」

米吉の言う通りだろう。

「無礼者、とお侍、小倉さまとおっしゃるんだが、小倉さまは怒鳴ったんだったな」

寅蔵が問いかけた。

「そうですよ、それで手前は気づいたんですからね」

米吉が答えると、

「あんた、寅と一緒に茶店に戻ってくれ」

菊之丞が頼んだ。

寅蔵は菊之丞を見返す。

「この場で怒鳴ってみるんだよ。どんな具合に聞こえるのか確かめる」

菊之丞は言った。

寅蔵は菊之丞の意図を理解し、米吉と共に茶店に向かった。

菊之丞は無礼討ちの現場に立った。

寅蔵と米吉は茶店に入った。

「無礼者！」

菊之丞は叫び立てた。

往来を行く男女の中にはぎょっとなって立ち止まり、菊之丞を見る者がいた。

「なんでもないよ」

菊之丞は右手をひらひらと振った。

男女は訝しみながらも歩き去った。

もっと声を大きくして菊之丞は、「無礼者」と怒鳴った。

寅蔵と甚五郎が茶店から出て来た。

菊之丞は二人を手招きした。寅蔵と甚五郎は小走りにやって来た。

「二度、声を上げたんだが、寅も米吉も最初は気づかなかったようだな」

菊之丞が確かめると、

「ええっ、二度、声を発したんですか」

気づかなかったと寅蔵は米吉に同意を求めた。米吉も最初は聞こえなかったと答えた。

「二度目は腹から絞り出した。ということは、小倉は相当に大きな声を出したんだ。つまり、源太に激怒したってことだ」

菊之丞は顎を掻いた。

「相当な無礼を働かれたってことですね」

寅蔵は言った。

「しかし、源太が小倉を激怒させるようなどんな無礼を働いたんだ。源太は酒が入ると、そりゃ、気が大きくなってしまうんだが、素面の時は借りて来た猫なんだぞ」

菊之丞は言った。

「そうでしたね」

寅蔵もおかしいと不審を抱いた。

「昼の日中、素面の源太が小倉と鉢合わせた。前にも言ったが、源太は怖くなって逃げ出すんじゃないか。それなのに、小倉を激怒させるような振る舞いだか言葉を発したんだ。いかにも妙だぜ」

菊之丞の説明を聞き米吉もおかしいですね、と呟いた。

「まるで、源太は小倉さまに喧嘩を売ったようですね」

寅蔵が言うと、

「その通りだ。こりゃ、無礼を働いたと言うより、喧嘩をふっかけたようなもんだ。寅、良いところに気づいたな」

珍しく菊之丞は寅蔵を褒め上げた。

寅蔵は頭を掻いた。

「そりゃ、いいとして、となると、益々わからないことがあるぞ」

菊之丞は改めて疑問を呈した。

寅蔵とすっかり協力者となった米吉は菊之丞の言葉を待つ。

「喧嘩をふっかけたということは、源太の方もでかい声を出したはずなんだ。喧嘩というのは勢いだからな。落ち着いた物腰で喧嘩なんか仕掛けない。闇討ちにするんだったら、そっと忍び足で近づいて背後から襲いかかるだろうからな」

菊之丞が指摘すると、

「その通りですよ」

寅蔵は納得したようにうなずく。

米吉が、

「すると、大きな声を出すことなく小倉さまを怒らせるような言葉をかけたということですか」

と、問いかけた。

「そういうことになるな」

菊之丞は言った。

「そうか、となると」

寅蔵は思案を始めた。

次いで、

「そういやあ、鎌倉河岸の屋敷で小倉さまはおっしゃっていましたよ」

と、断りを入れてから、

「斬れるものなら斬ってみろ、と源太に言われたって」

寅蔵は源太になったように顔を突き出した。

「そりゃ、そうかもしれませんよ」

米吉は同意した。

「ありそうだな。問題は何で源太がそんなことをわざわざ小倉に言ったのかだ」

「そうやって、腹いせに声をかけて、源太は逃げ去るつもりだったんじゃありませんか。ところが逃げ遅れてしまった。逃げおおせると高を括ったんですよ」

「そりゃ、可能性はあるな。それにしても、まだ疑問は解けない。何だって気の弱い源太が小倉にそんなことを言い寄ったかだ」

「結局、そこに帰り着きますよね。どうしてなんですかね」

寅蔵もわからない、と口を閉ざした。

菊之丞が、

「この横丁を通ったのは小倉と源太以外にはいなかったんだな」

菊之丞は米吉に念押しをした。

「無礼討ちがあった時分にはお二人だけでしたね」

米吉は答えた。

その様子は微塵の迷いもない。

「小倉さまは鐘観音に日参しているそうだ」

「ええ、よくお見かけしますよ」

「源太の方はどうだ」

「初めてでしたね」

これにも米吉は即答した。

「源太は鐘観音を訪れたのだな……」

この界隈(かいわい)で鐘観音以外、立ち寄るような所はない。

寅蔵が、

「源太の奴、小倉さまを待っていたんですかね」

と、言った。

「そういうことになるな」

菊之丞もうなずいた。

「すると、源太は小倉さまが鐘観音にやって来るのを知っていたことになりますよ」

「知っていたんだろう。行きがかりで無礼を働いた訳じゃないんだ。意図して無礼な言動をしたんだ」

菊之丞はうなずいた。

「なんだか、裏がありそうですね」

寅蔵が疑念を呈すると、

「ああ、臭うぞ」

菊之丞も大いに疑念を深めた。

「こりゃ、怖くなってきましたよ」

米吉は言葉とは裏腹に楽しそうだ。探索に加わっていると気分が高揚しているようである。

「となると、源太の周辺を調べる必要があるな」

菊之丞は言った。

「手前でお手助けできることがありましたら、何なりとお申しつけください」

米吉はお辞儀をした。

「頼むぜ。ありがとうな」

菊之丞は礼金を渡して立ち去った。

意外な展開になった。

やはり、現場に足を運ぶべきだ、と菊之丞は柄にもなく思った。

「旦那、何処へいきますか」

寅蔵が問いかけた。

「女房の話を聞くぞ」

菊之丞は大股で歩き出した。

「合点でえ」

寅蔵は張り切った。

「さて、今度は何が出て来るかだな」

菊之丞は言った。

六

源太の家にやって来た。

源太の家は小伝馬町一丁目にある裏長屋にあった。

源太の弔いを済ませ、お文は落ち着きを取り戻していた。

お文は挨拶をしてから菊之丞の来訪に小首を傾げた。

寅蔵が、

「あいにくだがな、まだ、小倉さまが源太を無礼討ちにしたっていう証人が得られていないんだ。あ、そうだな。証人なんか見つからない方がいいんだな。小倉さまが罪を問われた方がいいものな」

と、語りかけた。

「どうでもいいですよ」

投げやりな態度で答えると、お文は部屋の隅に視線を向けた。木箱の上に位牌があり、線香が灯(とも)っていた。

「こりゃ、すまねえ」

　寅蔵は菊之丞と顔を見合わせた。

　菊之丞と寅蔵は位牌の前で手を合わせた。

　それから改めてお文が言った。

「小倉さまがどうなろうと、うちの人は帰って来ませんからね」

「そりゃ、そうなんだがな」

　寅蔵は同意をして言葉に窮した。

　菊之丞が、

「お文の気持ちはわかるが源太がどうして死んだのか、なんで小倉に斬られたのかを明らかにするのは決して無駄じゃないよ。冥途（めいど）の源太もそれを望んでいるんじゃないか」

　源太の位牌を見やった。

　お文はじっと黙っている。

「あんた、源太は小倉さまに無礼を働くような男じゃないんだろう。素面の時は大人しい、とてものこと侍に無礼な振る舞いとか喧嘩をふっかけるような真似はできないような男なんじゃないのか」

　菊之丞は続けた。

「そうですよ」

　お文は菊之丞を見返した。

「ところが、源太は小倉に喧嘩をふっかけたとしか思えないんだ」

　菊之丞は言った。

「そんな……」

「源太は鐘観音には何度も行っていたのか」

「わかりません」

「斬られた日、鐘観音に行くって話していなかったかい」

「そんなことは言っていませんでしたね……うちの人は信心深くもないですしね」

「じゃあ、どうして鐘観音に行ったんだろうな」

　菊之丞はここで言葉を止めた。

　お文は思い出そうとうつむいた。しばらくしてから、

「棟梁の家に行ってくるって、家を出て行きましたね」

「辰五郎の家に……ああ、そういえば、あんた、自身番で言っていたな。だけど、辰五郎は源太は来なかった、と……」

菊之丞が指摘すると、

「そうでしたね。自分の家と鐘観音は方角が全く違うって辰五郎は言っていましたよ。確か辰五郎は今川橋の近くに住んでいるんでしたね」

寅蔵は言い添えた。

「源太は鐘観音に行くのを隠していたってことか」

という菊之丞の推量にお文は盛んに首を傾げる。

寅蔵が、

「お文さん、ちょいとばかり辛いことを言うがな、ひょっとして源太は鐘観音で逢引（あいび）きをしていたんじゃないか」

「まさか」

お文は即座に否定した。

「そりゃ、わからないぜ。案外と源太はモテたかもしれないじゃないか」

寅蔵が反論すると、

「そりゃ、人は見かけによらないって言いますがね、うちの人に限ってあたし以外の女と逢瀬を楽しむなんて、ありませんよ」

お文は噴き出した。

「だから、人は見かけに……」

寅蔵が抗うとそれを制するようにお文は話し出した。

「何度も言いますが、うちの人は素面じゃろくに物も言えないんですよ」

「源太とは見合いか」

不意に菊之丞が確かめた。

「いいえ、くっつき合いですよ」

心なしかお文は頬を赤らめた。

くっつき合い、すなわち、好き合って一緒になったのだ。

「それなら、源太はお文を口説いたんだろう」

菊之丞が確かめると、

「そうだよ、源太はよくお文さんを口説いたじゃないか。こう言っちゃあ何だが、お文さんは別嬪だ。口説こうとした男は沢山いたんじゃないか」

寅蔵が言った。

「まあ、その、何て言ったらいいんですかね。情にほだされたんですよ」

お文は神田司町の縄暖簾で女中奉公をしていたそうだ。

その店に源太は辰五郎や大工仲間とよく来た。すっかり常連客になってから、源太はお文に声をかけた。両国の花火見物に誘われたのだそうだ。

「誘われたのはいいんですけどね、源太さんたら、酔っていたんですよ。酔って棟梁にけしかけられてあたしを誘ったんです」

お文は相手にしなかった。

「だって、いかにも無粋でしょう。お酒の力を借りないと女を誘えないのって、あたしは腹が立ったんですよ。女を口説く時は文の一つも出してってその時は断ったんです」

この時代、庶民は自由恋愛での結婚も行われていた。その際、男は女に文を書くのが習わしである。受け取った女は返事を書く。その際、文字のきれいさ、気の利いた文章を綴る女が好かれた。その為、寺子屋では手紙の書き方をみっちりと教わる。

「すると、棟梁がですよ、こいつは字が書けないんだ、だから、文は出せないんだって、言ったんですよ」

お文は懐かしそうに目をしばたたいた。

それから一月余りが過ぎた頃、

「昼間、源太さんが店に来たんですよ。素面でしたね。それで、文をあたしに手渡して……」

ミミズがのたくったような金釘文字で花火への誘い文句が記してあった。ひどい文字だったが、それだけに源太の懸命さ、自分への想いを感じ取ったそうだ。

語り終えるとお文は涙ぐんだ。

菊之丞はそっと懐紙を手渡した。お文は頭を下げて受け取り、涙を拭いた。

「すみません、とんだのろけをお聞かせしてしまって」

お文は涙を啜り上げた。

「いや、お文さん、ほんと、良い話でしたよ。ねえ、菊之丞の旦那」

寅蔵は貰い泣きをした。

ふとお文は、

「棟梁は面倒見の良い人なんですけど、時折、お節介を焼くんですよ。うちの人のこともとても目をかけてくれていたんですけど、それが、度が過ぎることがあって」

お文を口説くようけしかけたり、酒を覚えさせたのも辰五郎だそうだ。

「酒が飲めないようじゃいい大工に成れないって、棟梁から飲めるように鍛えられたって、うちの人は言っていましたっけ」

源太は下戸（げこ）だったが辰五郎に飲まされる内に鍛えられ、多少は飲めるようになったのだそうだ。

「それでも、二合も飲むと呂律が怪しくなって三合入ると酔っぱらって我を忘れてしまうんですよ。呑兵衛ですが、決して強くはありませんでしたね」

お文は言った。

「そりゃ、気の毒だな。酒は楽しく飲まないとな。まあ、あっしも飲み過ぎて二日酔いで苦しむなんてことはよくあるんですがね」

寅蔵は余計なことを言った。

「うちの人は棟梁みたいな腕の良い大工になるんだって、そりゃ、棟梁の言いつけは守っていましたよ。ですからね……」

ここまで言ってお文は口をつぐんだ。

「どうした」

すかさず、菊之丞が問いかける。

「ひょっとしてですけど、蕎麦屋で小倉さまに無礼を働いたのも、棟梁にけしかけられたんじゃないかって思いましてね」

お文の推量に対して寅蔵が、

「でも、辰五郎は小倉さまに激しく憤っていましたよ。なんで斬ったんですかって、そりゃもう食ってかかっていましたぜ」

「そうでしたね」

お文も認めた。

ここで菊之丞が、

「邪魔したな」

と、話を切り上げた。

「気を落とすなって言う方が無理ってもんだがな」

寅蔵も悔みの言葉をもう一度言ってから家を出た。

「さて、辰五郎だな」

菊之丞は言った。

「辰五郎を疑っているんですか」

寅蔵の問いかけに、

「無礼討ちに絡んでいるのは間違いないさ。蕎麦屋での出来事以外にな」

菊之丞は返した。

「どんな具合にですか」

「それを確かめるのさ」

菊之丞は歩き出した。

七

辰五郎の家に行く前に自身番に寄った。

すると、小倉の無礼討ちの証人を求めた高札が撤去されている。

町役人が出て来て、

「御奉行所から高札を外すよう通達が届いたのです」

と、言い訳でもするように説明した。

「なんでだよ」

不満そうに寅蔵が問うと、

「小倉勘解由さまの無礼討ちが認められたんだな」

菊之丞が言い、町役人は、「そのようです」と答えた。

「なんだか、すっきりしませんね」

寅蔵は道端の石ころを蹴飛(けと)ばした。

菊之丞も面白くなさそうに口を閉ざしたが、

「よし、もう一度小倉さまに会うぜ」

と、言った。

小倉邸の庭である。

辰五郎は片膝をついて小倉に挨拶をした。小倉は上機嫌である。評定所で無礼討ちが認められ、月代と無精髭を剃(そ)り、新しい小袖に袴を身に着けていた。

「無礼討ちが認められた。辰五郎、源太の女房に見舞金を持って行ってやれ」

小倉は二十五両の紙包み、すなわち切り餅を二つ、辰五郎に手渡した。

「殿さま、あっしゃ、素直に喜べませんぜ」

辰五郎は不満を漏らした。

「ふん、忘れろ」

小倉は右手をひらひらと振った。

それでも辰五郎は両目をかっと見開き、

「あっしが悪いのは確かですよ。面白半分に源太をけしかけたんですからね。ですが、殿さまは竹光を抜いて源太を脅すって手筈だったじゃありませんか」

辰五郎は小倉を睨んだ。


十五日の昼、源太は辰五郎に呼ばれて鐘観音にやって来た。そこで、辰五郎が待っていた。

「棟梁、話があるって何ですよ」

源太は訝しんだ。

「昨晩の小倉勘解由さまって御旗本だがな、おまえ、威勢が良かったぜ」

辰五郎は褒め上げた。

「いや、それほどでもねえでさあ。酔った勢いで気が大きくなっていただけですよ」

源太は頭を掻いた。

「いやいや、いくら酔ってたって、あそこまで侍相手に言いがかりをつけられるなんてことは出来るもんじゃないさ。おれなんざ、びびってしまってああはいかないよ」

「棟梁、それくらいにしてくだせえ。それよりも、用って何です」

源太は問いかけた。

「おめえ、もう一度、小倉さまに言いがかりをつけてみねえか」

辰五郎は言った。

「ええ……」

源太は戸惑いの目をした。

「酔っていない、素面でな、小倉さまに一言、何でもいいよ、ずばっと文句を言ってやりな」

「どうしてそんなことをするんだい」

怯えたように源太は後ずさった。

「深い訳があるんじゃないんだ。おれは、おめえが一皮むけた、度胸を付けたって思っているんだがな、仲間の中には酒の助けを借りなきゃ物が言えない小心者だって、言い張る奴もいるんだよ。それでな、そうした奴らの鼻を明かしてやって欲しいんだ」

「そういうことですかい」

源太は身構えた。

「それでだ、これから小倉さまが観音堂を参拝に来なさるんだ。それでな、小倉さまに一言、がつんと言ってやれ」

再び辰五郎は勧めた。

「でもよ、そんなことをしたら、今度こそ無礼討ちにされちまいますよ」

源太は怖気づいた。

「そんなことはないいさ。なに、一言ぶつけて、すぐに逃げればいいんだ。そうしたら、見ろ、大勢の者が行き来しているだろう。あの人混みに紛れてしまったら、小倉さまは追いかけて来られないいさ」

ここまで言ってから、

「なあ、源太、一人前になるんだ。男っぷりを示すんだよ。お文ちゃんだってきっと喜ぶぞ」

と、肩を抱いて囁(ささや)いた。

「そ、そうだな」

源太は生唾(なまつば)をごくりと飲み込んだ。

やがて、小倉が横丁に入って来た。

「さあ、源太」

辰五郎は源太の背中を叩いた。

「よし」

源太は拳を握り締めると観音堂を飛び出した。

辰五郎は源太の背中を見送った。

源太は小倉に近づいた。

心の臓が高鳴り、小倉の顔がぼやけて見えた。小倉は悠然と歩いて来る。

「駄目だ」

顔をそむけ、源太は小倉の横をすり抜けた。ほっとして、全身から汗がどっと噴き出した。

「待て」

小倉が声をかけてきた。

思わず源太は立ち止まった。

「おまえ、昨夜の大工だな」

「え……は、はい」

舌をもつれさせながら源太は振り返った。

小倉は鋭い眼光で源太を睨んだ。

「き、き、き……昨日は……すんません……」

咽喉(のど)がからからに乾き、源太は声を上ずらせながら詫びの言葉をかけようとしたが、恐怖の余り言葉にならない。とても毒づくことなどできはしない。

源太は踵(きびす)を返そうとした。

その時、

「無礼者！」

雷鳴のような声が轟いた。

源太の耳朶奥にまで響き渡り、全身に鳥肌が立ったと思うと、小倉は大刀を抜いた。

「そんな……」

呟くと、白刃が春光に煌めいた。

次の瞬間、源太は血飛沫を上げ、往来に倒れた。

「そんな馬鹿な」

鐘観音で見ていた辰五郎は絶句した。

小倉は竹光を使うと言っていた。一芝居打って源太の肝試しをしようと小倉に持ち掛けたのだ。

竹光で源太を斬る、あくまで源太の肝試しであり、辰五郎の悪戯であった。小倉は辰五郎の話に乗ってくれた。

しかし、小倉は真剣を差し、真剣を用いた。

小倉は無礼討ちの大儀を利用し、真剣を使い、斬殺したのだ。

小倉は血ぶりをして納刀すると、

「主」

と、路上に出て来た茶店の主米吉に声をかけた。

米吉は唖然となって立ち尽くした。

「見ての通り、この者を無礼討ちにした。わしは直参旗本小倉勘解由じゃ。これから最寄りの自身番に出頭致す」

小倉は悠然とその場を立ち去った。

辰五郎はぶるぶると身体(からだ)を震わせながら、観音堂の裏口から去って行った。

辰五郎は責めるような目で小倉を見上げた。

「この金をお文ちゃんに届けたら、あっしは御奉行所に自首しますよ。それで、洗いざらい打ち明けます」

「馬鹿な真似はせぬことじゃ。もう、一件は落着したのだからな。今更、蒸し返すことはないぞ」

小倉は冷然と言った。

「小倉さまは無礼討ちを認められたんですから、罪に問われないでしょう。ですがね、あっしは罪を受けなきゃいけませんよ。源太を殺したようなもんだ」

辰五郎は立ち上がった。

「わざわざ、罪を背負うことはあるまい」

小倉は引き止めた。

「あっしはけじめをつけますよ」

「おまえにも褒美をやるぞ」

小倉はにやっとした。

「要りませんよ、見損なわないでください」

辰五郎は裏門に向かって歩き出した。

「やると申しておるのだ。受け取れ！」

小倉は叫び立てるや抜刀した。辰五郎は駆け出した。

「おのれ」

歯噛みしながら小倉は追いかける。

辰五郎は右に折れたり左に曲がったりと敏捷な動きで裏門を目指した。

「そ奴を捕えろ」

小倉は門番に命じた。

門番二人が両手を広げて辰五郎の前に立ちはだかった。

「そらよ」

辰五郎は切り餅の紙包みを噛み破って小判を空に放り投げた。

門番と中間たちは山吹色の輝きに気を取られる。地べたに散乱した小判に目の色を変えて彼らは殺到した。

その隙に辰五郎は裏門の潜り戸から外に出ようとした。

「退け！」

小倉は中間と門番たちを蹴散らして辰五郎に襲い掛かる。

刀の切っ先が辰五郎の右肩を斬り裂いた。

辰五郎は足をもつれさせながらも外に出た。しかし、肩の激痛と足がもつれて路上を転がった。

小倉が迫って来た。

「馬鹿め」

小倉は大刀を大上段に振りかぶった。

八

「待ちな！」

菊之丞は大音声で怒鳴った。

小倉の動きが止まり、菊之丞に向いた。

すかさず、寅蔵が辰五郎に歩み寄り、肩を貸して小倉から離れた。

外の騒ぎを聞きつけた小倉の家臣たちが表に出て来た。

「不届きな者どもじゃ。構わぬ、斬れ！」

小倉は家臣たちに命じた。

菊之丞は全身の血が滾（たぎ）り、武者震いした。

受け身では我慢ならない。

「よし、行くぜ」

抜刀するや八双(はっそう)に構えて敵の真っ只中に斬り込んだ。

敵も大刀を抜き放ち、菊之丞を迎え撃つ。

刃が重なる音はしない。

左右から繰り出される白刃を菊之丞は観相によって間一髪の間合いで避けてゆく。すなわち、敵の表情、筋肉、骨の動きで太刀筋を正確に見切っているのである。

そうとは知らない家臣たちは糠(ぬか)に釘(くぎ)を打つような違和感を抱きながらも、力任せに刃を菊之丞に向ける。

数で圧倒しながらも菊之丞一人、仕留めるどころか一太刀も浴びせられない家来たちに小倉は苛立(いらだ)った。

「何をやっておる」

小倉は家臣たちを叱咤(しった)した。

家臣たちが息が上がっているのを見定め、菊之丞は大刀の峰を返した、次いで、敵を峰打ちに仕留める。

相手の眉間や首筋、急所を正確に捉えている。その為、一撃で敵は倒れてゆく。

倒れた敵の背中を踏み越え、衰えることのない勢いで菊之丞は暴れ回った。

敵が多ければ多い程、菊之丞は燃えた。身体は激しく動いているが頭は冷静だ。息が切れることもなく、

「もっと、骨のある奴はいないのかい」

挑発の言葉を投げかけると、

「敵は一人だぞ、押し包め」

小倉が命じた。

敵は扇状に広がり、菊之丞に迫る。

「面白い」

にやりとして菊之丞は大刀を正眼に構え直した。

扇状に広がった敵は七人。扇の真ん中には小倉勘解由が立った。

さすがは大番役を務めているとあって小倉の構えに隙はない。腰を落としどっしりとしている。

他の連中が目を血走らせているのに対し、小倉は冷めた目で菊之丞の動きを見切ろうとしている。

複数の敵と刃を交える時には一番強い奴を真っ先に倒すことが剣の鉄則だ。加えて、

小倉とは敢えて観相を使わず、刃を交えてみたくなった。

「だあ！」

裂帛の気合いと共に菊之丞は小倉に斬りかかった。

袈裟懸けに斬り下ろす。

小倉はしっかりと刃で受け止めた。受け止められた感触からやはり出来る男だと実感した。

菊之丞は小倉と鍔迫り合いを演じた。

すると背後に複数の敵が回った。

菊之丞の背中から斬りかかろうと窺っている。

真後ろから足音が近づいてきた。

咄嗟に菊之丞は右に動き、小倉と体を入れ替えた。敵は小倉に斬りかかることになる為、動きを止めた。

しかし、別の敵が菊之丞の背後を窺う。

小倉と鍔迫り合いをしながら菊之丞は回転した。小倉も釣られるようにして菊之丞と共に回る。

家臣たちは、どうすればいいかわからず斬りかかれない。

「ええい、構わん、斬れ」

小倉は命じた。

敵は躊躇したが一人が斬りかかるとみな一斉に動き出した。

渾身の力を込め、菊之丞は小倉を押した。小倉の足が地を離れ吹っ飛んだ。

敵の真っ只中に小倉が落ちる。

数人が将棋倒しになった。

浮足立った敵を菊之丞は仕留めていった。

すると、

「そこまでだ」

小倉は懐中から拳銃を取り出した。

「これには勝てまい」

薄笑いを浮かべる小倉に、

「飛び道具とは卑怯じゃないですか。それでも、大番役ですか」

寅蔵が怒りの声を上げた。

「それを負け惜しみと言うのだ」

開き直ったように小倉は吐き捨てた。

次いで寅蔵と辰五郎に菊之丞の側に行くよう怒鳴った。

寅蔵と辰五郎は菊之丞の横に立った。

「撃てるものなら、撃ってみな」

凛(りん)とした声を放つと菊之丞は両手を広げて仁王立ちした。

「覚悟しろ」

小倉の指が引鉄(ひきがね)にかかった。

と、次の瞬間、菊之丞は寅蔵の腕を取って引き寄せ自分の前に立たせた。菊之丞を守る盾にさせられた寅蔵は、

「ええっ、いや、その……」

困惑したものの覚悟を決めた。

小倉は菊之丞から寅蔵に狙いを変えた。

咄嗟に菊之丞は路傍の石ころを蹴飛ばした。石ころは小倉の顔面を直撃した。

同時に銃声が轟いたが、弾丸は大きくそれ小倉邸の練塀に当たった。

「下手くそ」

菊之丞が嘲る。

小倉は左手で顔面を押さえ、短筒を落とした。

菊之丞は大刀を下段に構えたまますり足で間合いを詰めるとさっと斬り上げた。

白刃が陽光を弾き、小倉の身体が左右真っ二つに両断された……。

ではなかった。

真っ二つになったのは小倉の着物だった。

小倉は下帯一つとなって立ち尽くした。

小倉はへなへなと膝から崩れた。

葉桜に残った桜の花弁がひらひらと舞い落ちている中、裸体となった小倉のくしゃみが響き渡った。


小倉勘解由は評定所で再度吟味され、打ち首に処せられた。辰五郎は五十叩きの罰を受けた。辰五郎は酒を断ち、大工稼業に精進しているそうだ。

寅蔵はしばらく菊之丞と口を利こうとしない。弾除けの盾にされそうになったのを怒っているのだ。

江戸富士でうどんを食べながら、

「寅、いい加減に機嫌を直せ。あれは、あくまで策だったんだぞ」

菊之丞は背を向けている寅蔵に声をかけた。

お仙も、

「おまいさん、いつまでもいじいじしているなんてみっともないよ」

と、責め立てた。

「わかってますよ」

寅蔵は菊之丞に向いた。

「よし、一杯やるか。おれの奢りだ」

菊之丞はお仙を見た。

「あいよ、今日は景気良くぱあっとやってくださいね」

いそいそとお仙は調理場に向かった。

「いい女房を持ったな」

菊之丞が言うと、

「あっしにはもったいないって、おっしゃりたいんでしょう」

寅蔵は返した。

「いや、寅にふさわしい女房だよ。お似合いの夫婦だ」

上機嫌に菊之丞は笑った。

この作品は徳間文庫のために書下されました。

徳間文庫

観相同心早瀬菊之丞
毒の契り

2024年2月15日　初刷

著者　早見俊
発行者　小宮英行
発行所　株式会社徳間書店
東京都品川区上大崎三―一―一　〒141―8202
目黒セントラルスクエア
電話　編集〇三(五四〇三)四三四九
　　　販売〇四九(二九三)五五二一
振替　〇〇一四〇―〇―四四三九二
印刷
製本　大日本印刷株式会社

ISBN978-4-19-894918-1　(乱丁、落丁本はお取りかえいたします)

徳間文庫の好評既刊

早見 俊

観相同心早瀬菊之丞

南町奉行所定町廻り同心、早瀬菊之丞。相撲取りのような巨体に歌舞伎の悪役のような面相は、およそ同心には見えぬ。だが顔や身形から人の性格や運命を判断する観相術の達人であり、骨相見で敵の関節を外したり、急所を一撃する技も習得している。高級料亭で直参旗本が毒殺されたとの報せが。同心になって初の探索だ。菊之丞は手下の岡っ引、薬研の寅蔵を連れ、料亭へと向かった……。